Monika Böss

DUNKLE GESCHICHTEN AUS

Rhein-Main

Bildnachweis
ullstein bild: S. 7 (Imagebroker/J. W. Alker, 22 (Schöning), 30 (Hackenberg), 36 (Sabine Simon), 48 (dpa), 53, 75 (histopics); Archiv der Autorin: S. 11; 26 Stadtarchiv Offenbach: S. 26; Wikipedia: S. 33 (www.zeno.org), 41 (Brühl), 56 (Mylius), 77 (Pascal Rehfeld)

Ein ganz herzliches Dankeschön für die Kooperation und Unterstützung an:
VRM, Mainz (ehemals Verlagsgruppe Rhein-Main, Zeitungsarchiv,
Antje Maier, Stadtarchiv Offenbach am Rhein,
Flößer- und Schiffermuseum Kamp-Bornhofen.

1. Auflage 2019

Umschlaggestaltung: r2 | Ravenstein, Verden
Layout und Satz: Schneider Professionell Design, Schlüchtern-Elm
Druck: Druckerei Zimmermann Druck + Verlag GmbH, Balve
Buchbinderische Verarbeitung: Buchbinderei S. R. Büge, Celle

34281 Gudensberg-Gleichen, Im Wiesental 1
Tel. 0 56 03 - 9 30 50 www.wartberg-verlag.de
ISBN 978-3-8313-3266-3

Inhalt

Vorwort

Zwielichtige Abgründe öffnen sich in der Normalität, ob ein spektakuläres Schloss verschwindet, letzte Geheimnisse sich nicht offenbaren, tragische Ereignisse in einen hellen Sommertag einbrechen, oder ein charmanter Lebemann, sich als Giftmischer betätigt. Das „Dunkle" offenbart sich nicht selten im Alltäglichen, wie in der Geschichte der Raunheimer Bäuerin, die an einen Heiratsschwindler geraten ist, doch es können auch durchaus heitere Momente das Dunkle in sich tragen, wie die pflegeleichte Gartengestaltung oder dann, wenn eine „Hexe" am Ilbes Berg, dem „Hessischen Brocken", ihre esoterischen Gefühle auslebt.

Die Metropolregion Rhein-Main hat viele Dämmerungen und einige dunkle Geheimnisse aufzuweisen.

Monika Böss

Dämmerung und Morgengrauen

Könnte mich daran gewöhnen im Park von Wilhelmsbad zu spuken! Die Burgruine würde ich zu meinem Domizil erklären, um so ihren künstlichen Zerfall zu beschleunigen – und erst das Karussell. Hoch auf dem Holzross, ich, die dunkle Fee.

Hin und wieder würde ich die rausgeputzten Schnallen im Arkadenbau besuchen, die in altrosa Kleidchen steckend, sich in ihren Glas-Vitrinen bestaunen lassen. Mathilde könnte ich durch mein bloßes Erscheinen erschrecken, Elise würde ich die dicke Brosche klauen und der mickrigen Lucy zuraunen, der Kasper aus dem Marionettentheater käme sie gleich holen. Zwischen Dämmerung und Morgengrauen dürfte ich, die dunkle Fee, ihnen erscheinen. Offiziell wäre ich eingeladen gewesen.

Ich bin von nichtstofflicher Art und die Seelchen der Püppchen irrlichtern so zart. Jedenfalls glauben das alle, die sie zu Gesicht bekommen. Sie verstehen es eben, sich vorteilhaft darzustellen. Mich haben sie Lumpenpuppe genannt, was ehrabschneidend gewesen ist und weshalb ich sie eigentlich hätte in den Weiher bei der Burgruine werfen sollen, wo sie als altrosa Gerümpel mit den Goldfischen hätten anbandeln können. Mein wollenes Gewand ist aus „koptischem Schwarz“. Die perfekte Gewandung für mich, die schwarze Fee – von wegen Lumpenpuppe.

Hatte mich gut auf meinen Besuch in Wilhelmsbad vorbereitet. Mit dabei war Annabell, ein echtes Steampunk-Girl in Korsage und zerrissenen Strümpfen. Es sind solche Gestalten, zu denen man eigentlich Abstand halten sollte. Freizeitdramaqueens können einen nämlich runterziehen. Doch diesmal waren klare Absprachen getroffen worden – wir wurden als Gruselpuppen gebucht.

Die Örtlichkeit begeisterte mich. Ich stehe auf Barock und Opu-

lenz. Annabell und ich machten im Arkadenbau auf verstaubte Morbidität. Mit Plastikspinnen hatten sie uns dekoriert. So eine echte Vogelspinne wäre mir lieber gewesen. Annabell hätte gerne ihre Ratten ausgeführt.
Die drei Herzkirschen in Altrosa maulten aus ihrer Vitrine raus, eine Schande sei diese Zurschaustellung. Annabells lange Beine riefen die amerikanische Barbie auf den Plan. Sie sei der Prototyp und Annabelle solle sich schleichen. Beinahe wäre es zu Handgreiflichkeiten zwischen den beiden Kunstbeautys gekommen. Obwohl die Barbie sehr umstritten innerhalb der Puppenkommunität ist, hatten wir sie plötzlich alle gegen uns. So beschloss ich auf den Favoritenball im Comoedienhaus zu gehen. Eine Allerseelennacht ist lang. Annabelle meinte, es gäbe hübsche Friedhöfe in Hanau.
Ein prächtiges Gehäuse in wunderbar goldenes Licht getaucht erwartet mich im Park. Mir ist etwas von vier Mätressen des Landgrafen Wilhelm bekannt, der sich den ganzen Aufbau durch die „Vermietung" hessischer und Hanauer Soldaten nach England hatte erlauben können, wo sie gleich in einen Krieg geworfen worden sind. Bei meiner dunklen, nicht vorhandenen Seele, das hat etwas von Etikettenschwindel! Baut der sich künstliche Ruinen und lässt andere die Kohle ranschaffen. Bin gespannt auf die Gestalten, die sich mit ihm vergnügt und von ihm profitiert gehabt haben – denke er erscheint selbst nicht, ist er doch vollkommen aus der Zeit gefallen.
Es hat sich zu meiner Enttäuschung nur eine einzige Mätresse eingefunden. Merkwürdige Gestalt. Sie erinnert mich an die Freak-Show, in der ich vor hundert Jahren meine dunkle Schönheit vorführte. Als Untote mit lackschwarzem Haar. Ziemlich abgefahren wirkt die Dame mit diesem gigantischen Haargebilde, das über ein Drahtgerüst gespannt, mit Rosshaar, Watte, Stroh

und Hanf füllig ausgekleidet worden ist, mit Pomade eingefettet und mit einer Schicht Mehl bestäubt wurde. Mitten auf der kleinen Theaterbühne steht sie und ich denke, wie komisch es gewesen sein musste, wenn sie in ihrer Welt in voller Montur an niedrig hängenden Kronleuchtern mit brennenden Kerzen vorbei hatte gehen müssen – und welchen Gestank sie verbreitete, wenn die Pomaden und Polsterungen zu verrotten anfingen. Milben, Läuse, Mäuse hatten gewiss ein wunderbares Nest im Kunsthaarungetüm gefunden.
Ich frage sie, wo die anderen verblieben seien. Sie stößt einen Pfiff aus. Sie sei die einzige noch amtierende Landgrafen-Mätresse. Die drei anderen seien buchstäblich zu Staub zerfallen. Sie lässt ihr flottes Mundwerk laufen: Ein böses Mädchen soll sie

Das Puppen- und Spielzeugmuseum ist im Arkadenbau im Staatspark in Hanau-Wilhelmsbad untergebracht.

gewesen sein, hat es dem alten Schwerenöter gezeigt und ihn zum Hahnrei gemacht. Herrlich so eine lasterhafte Dame. Plötzlich sagt sie, ich wäre überhaupt nicht sein Fall gewesen, viel zu dünn und klapprig sei ich. Eine rechte Schindmähre. Er habe auf prallen Weibern gestanden. So wie sie eines gewesen sei. Und schwupp ist sie verschwunden, die famose Rosa Ritter.

Im Comoedienhaus verlöschen die Lichter.

Ich bin die dunkle Fee und stehe über jeglicher moralischen Wertung. Schindmähre hin, Schindmähre her. Ich hätte ihn als Buhlteufelin besuchen können – doch gewiss hatte diese Rosa mehr draufgehabt als so ein kleiner Succubus. Der Hof soll Kopf gestanden haben, als er sie zur Freifrau machte.

Ich ziehe über den Park dahin. Im Arkadenbau hat sich die Nacht eingeschlichen. In den Puppenstuben ist man erwacht. Die altrosa Tussen üben das Weihnachtsfestfeiern ein. Mathilda schmückt einen Baum mit versilberten Kugeln, Elise baut die Weihnachtskrippe auf und Lucy übt sich an „Stille Nacht, heilige Nacht".

Für mich ist die Zeit gekommen zu verschwinden aus dem Reich der lieben Puppen. Sollen sie glotzen aus ihren Glasaugen raus. Ich ziehe mit dem Nachtwind davon – ich, die dunkle Fee.

Keine Damenwahl in „Maier Gustl's Bayrisch Zell"

Ganz auf Oktoberfest-Bierzelt-Atmosphäre getrimmt zeigte sich die Fassade des Amüsierschuppens im Frankfurter Bahnhofsviertel. „Maier Gustl's Bayrisch-Zell", ein Anlaufpunkt für Touristen, Feierwütige und „einsame Herzen" – damals Anfang der siebziger Jahre. Der „Ballermann" war noch fern und Partnerbörsen im Internet hätten als Science-Fiction-Vorlage dienen können.
Drinnen im großen Saal mit den klobigen Tischen schummerte das Licht und auf der Bühne spielte vor kunterbunter Alpenlandschaft eine Trachtenkapelle den Walzer. „An der schönen, grünen Isar". Von weißen Kniestrümpfen wurden die kräftigen Waden der Musikanten umrahmt. Um sie herum hatte sich viel Sperrholzkunst und Pappmaché aufgestellt. Kühe, Rehe, Gämsen, Berggipfel und ein schmuckes Kirchlein. Wüster Kitsch am richtigen Platz. Ein Gaudischuppen mit viel Remmidemmi, das war „Maier Gustl's Bayrisch-Zell". Kein Ort für leise Töne oder bildungsbürgerlicher Empfindsamkeit.
Die Luft war schwer und abgestanden vom Rauch der Zigaretten. In den Straßen brannte sich ein Sommertag aus – hier in der künstlichen Dämmerung war die „blaue Stunde" nicht angesagt. Der Marsch „Über Berg und Tal" galoppierte über die Tonleiter.
Alice saß allein an einem Tisch auf der Galerie. Angestrengt starrte sie vor sich hin. Endlich, der Klingelton. Sie nahm den Hörer des grauen Telefons ab. Es hatte einer angebissen. Ein Lächeln aufsetzend schritt sie die Treppe runter. Unten im Saal wartete ein Tänzer auf sie.
Die Kapelle spielte die Polka „Edelweiß aus Berchtesgaden" Alice war eine gute Tänzerin, doch störten sich die Herren meist

an ihren 180 Zentimetern lichter Höhe. Er war ein wendiges Männchen, seine wenigen Haare hatte er sorgfältig zurückgekämmt. Aus Bottrop sei er, erzählte er ihr. Als Monteur wäre er viel unterwegs. Was sie so mache, wollte er wissen, doch sie wich seiner Frage aus.

Eine Kunstblondine im roten Glitzerkleid schwang allein über die Tanzfläche. Gerade schob sich ein feister Typ mit glänzenden Wangen an sie ran. Zusammen taumelten sie über das Parkett. Er konnte nicht tanzen und sie nicht führen.

„Hallo, Anita!“, rief ihr Alice zu. Die Kunstblondine nickte kurz und krallte sich am feisten Knaben fest. Er sollte ihr Kurzzeitbettgespiele werden. Unlängst hatte sie ihren Alten nach zwanzig Jahren Ehe rausgeschmissen. Fantastisch sei ihr neues Leben, erzählte sie überall. Sie habe bei den Männern große Chancen und dabei habe ihr Alter immer gesagt, nach ihr gucke sich doch keiner mehr um.

Der Monteur aus Bottrop brachte Alice zurück auf ihren Galerieplatz. Bald darauf tanzte er mit der rassigen Rita eine Rumba.

Alice bestellte sich ein weiteres Bier. Am Nebentisch warteten zwei alte Schachteln auf Nachfrage, wie Schaben die ans Licht gekrochen sind. Sie lächelten den Männern zu. Es führte zu nichts hin. Unförmig-plump und ölig-fett thronten sie auf ihren Stühlen. Die Stunden perlten ab. Traumprinzen hielten sich nicht hinter Rosenhecken versteckt, sie waren ihnen schlicht abhandengekommen.

Unten verteilte sich eine Gruppe Japaner an den Tischen. Einer von ihnen geriet in Ritas Fadenkreuz. Ein schmaler, kleiner Mann. Sie zerrte ihn an sich, schwang ihn hin und her. Er versuchte sich ihr zu entwinden. Nein, die Romanze „Alpenglühen“ musste er überstehen. Rita war vielleicht die einzige unter den „einsamen Herzen“, die nur tanzen wollte.

Im „Maier Gustl's Bayrisch Zell“ kamen die Damen und Herren in Versuchung.

Eben hatten sich die Li-La-Lu einen Platz auf der Galerie erobert. Sie kamen immer in dieser Formation und galten als erfolgreiche Abschlepperinnen. Auf jeden Fall fielen sie auf. Die blonde Lieselotte mit dem offenherzigen Dirndlausschnitt, die zierliche, rehäugige Laura und Luise mit dem aufregenden Gang. Gelocke und Verlockung in der verranzten Bierhöhle. Für Abwechslung war gesorgt – und nüchtern waren sie hinterher nie.
Lieselotte stammte aus Danzig, Laura aus München, nur Luise war ein Frankfurter Gewächs aus dem Oeder Weg. Bei einem Bombenangriff hatte sie die halbe Familie verloren. Das hatte sie hinter sich gelassen, wie auch ihre Ehe mit dem Kellner Tomasz. Er war bei ihr eingezogen und dachte sich wohl, jetzt hält mich die Alte aus. Lieselotte schmiss ihn raus.
Laura hatte auch so ein Debakel vorzuweisen. Erwischt hatte sie ihren Philipp mit seiner süßen Maus. Er meinte, jetzt müsse er nicht mehr überlegen, wie er es ihr beibringen könne. Bei Lieselotte hatte das Schicksal Regie geführt. Er war im Suff die

Treppe runtergefallen. Ihre Trauer hatte sich in Grenzen gehalten.
Alles los auf Los – hier im „Gustl's Maier Bayrisch Zell". Morgen würde Lieselotte wieder im Büro an der Schreibmaschine sitzen, Laura als Hausschneiderin bei Hertie Maß an den Kundinnen nehmen, Luise als Telefonistin das Fräulein vom Amt sein.
Schade, dass keine Damenwahl war. So mussten sie geduldig abwarten, bis das Telefon klingelte.
Alice hatte zu viel getrunken. Leicht schwankend schritt sie die Treppe runter. Auf der untersten Stufe strauchelte sie. Ein dicker Kerl, seinen Bierbauch vorschiebend, schlich sich ran, wie der Löwe an ein schwaches Tier. Er hielt sie fest. Sie ließ sich fallen.
„Hallo, Schatzilein!", hauchte er.
„Freddy, mir ist so schlecht!"
„Komm raus an die frisch Luft!"
Von der Galerie runter schauten Li-La-Lu zu. „Freddy angelt wieder!", sagte Lieselotte.
„Aber", meinte Laura, „an der Angel hat er eine alte Flunder!"
„Besser als eine flinke Forelle!", stellte Luise klar.
Sie stemmten ihre Bierkrüge und stießen an.
Einer der Musiker aus der Trachtenkapelle hatte sich in Anita verguckt. Sie tanzte mit ihm einen Blues. „Wie heißt du?", fragte sie ihn.
„Sepp!"
Anita kicherte. Sepp! So hießen sie alle. Sie vernaschte sie reihenweise. Hatte sie doch so viel nachzuholen. Doch bald würde ihre Wohnung geräumt werden. Seit einem Jahr hatte sie keine Miete mehr gezahlt. Und wie es dann weitergehen würde?
Sie hatte sich hier im Lokal als Serviererin beworben. Der Chef hatte sie angeguckt und den Kopf geschüttelt. Natürlich war sie keine saftige Zitrone mehr, aber eine reife Birne schon.

Sie folgte ihrem Sepp in das Hotel, dieser halben Absteige, in der Moselstraße. Gegenüber leuchtete das Rotlicht in den Zimmern vom Puff.
Li-La-Lu hatten die Galerie verlassen. Mit ein paar laschen Typen bandelten sie an. Mehr war heute nicht drin gewesen.
Und Rita tanzte auf verschrammten Holzbohlen über Bierlachen hinweg. Ein überdrehtes Häuflein Elend. Jetzt wo die Musik vom Band kam in „Meier Gustl's Bayrisch-Zell" – und im Bahnhofsviertel fand die Nacht nicht in den Schlaf.

Der „Opal-Thron"

Südfriedhof Wiesbaden. Totenfeld im Barockgarten. Ein schöner Ort.
Auf dem Platz mit den Urnen-Rasen-Reihengräbern stehen drei Frauen und ein jüngerer Mann. Gerade wird eine schmucklose Urne in das Erdloch herabgelassen. Weder ein Pfarrer noch ein professioneller Trauerredner sind zugegen. An die Frauen gewandt sagt jetzt der jüngere Mann: „Das war es dann!" Mit raschen Schritten verlässt er den Platz. Zwei Friedhofsgärtner treten vor.
Die Frauen scheinen es nicht so eilig zu haben. Die eine, Gisela, stützt sich auf ihrem Rollator ab. Den Blick hält sie immer noch auf die Stelle gerichtet, wo vorhin die Urne verschwunden ist. Die Friedhofsgärtner haben den kleinen aufgeschütteten Erdhügel eingeebnet und ein Kreuz in den Boden gesteckt. „Erika Haas" ist darauf zu lesen.
Rosa gefärbt sind die Haare der Frau, die eben einen Strauß Tulpen an der Grabstelle abgelegt hat. „Hawwe se die Frau Haas gut gekennt?", wendet sie sich nun an die beiden anderen

Frauen. Inge, einen eleganten, beigen Wollmantel tragend, antwortet ihr mit einem Nicken.
„Un woher?“
„Von früher!“
„Ach!“
Gisela lacht auf. „Wir sind alle einmal Schönheitsköniginnen gewesen!“
Inge hätte ihr am liebsten den Mund zugehalten. Zu spät. Die rosa Haargefärbte starrt sie an. Schönheitsköniginnen, wühlt es in ihr. Das muss irgendwann in der Steinzeit gewesen sein. Einen Spleen hatte die Haas auch gehabt. Halbseidene Vergangenheit. Jetzt kommt es raus. Wer rennt schon in solch einem Alter mit korallenroten Lippen durch die Gegend.
Der Weg über den Friedhof führt an säulenförmigen Lebensbäumen vorbei. Gisela schiebt ihren Rollator. Immer wieder bleibt sie stehen. Die neue Hüfte machte Probleme, hätten sich doch Komplikationen bei der letzten OP ergeben, erzählt sie. Inge meint, wenn man über achtzig sei, kämen eben die Zipperlein.
Bei der rosa Gefärbten stellt sich heraus, dass sie Erikas Vermieterin gewesen war und Sibylle heißt. Die letzten zwei Jahre habe Frau Haas sehr zurückgezogen in der Einliegerwohnung gelebt. Daher hätte man es auch erst nach einigen Tagen gemerkt. „Große Sprüng konnt die nit mache. Das is en Sozialbegräbnis!“, klärt sie auf.
Gisela schüttelt den Kopf: „Wieso? Sie hatte doch noch einen reichen Kerl gefunden. Und was war mit der Schauspielerei?
„Talent hatte die nicht!“
Die Rosahaarige spitzt die Ohren. „Wie wurde man Schönheitskönigin!“, fragt sie in neugieriger Naivität.
„Jung, hübsch und ledig musste man sein!“, stellt Inge klar.
„Hat das Spaß gemacht?“

„Was? Jung und hübsch zu sein?“
„Nee, ich meen, do is man doch viel erum komme!“
„Alles zu seiner Zeit!“, entgegnet Inge. Sie sieht keinen Anlass sich dem Muttchen aus Bierstadt gegenüber zu erklären.
„Jo, jetzt seid ihr jo alte Leit!“, kommt es auch prompt zurück.
Sie haben den Friedhof verlassen. Frau Sybille steigt in ihren Wagen ein. Gisela und Inge gehen zur Bushaltestelle rüber. Im Vorbeifahren grüßt ein rosa gefärbter Kopf aus einem dicken BMW raus.
„Solch einen Wagen hatte ich auch einmal gehabt!“, stellt Inge klar.
„Von Eberhard?“
Inge lächelt: „Er konnte sehr großzügig sein“
Ein kühler Wind streicht durch die Bäume. Zwanzig Minuten haben sie noch auf den Bus zu warten.
„Wer war der Mann?“
„Ich denke ein städtischer Beamter. Die bezahlen doch die Beerdigung, Gisela!“
Inge schließt den beigefarbenen Mantel. Sie hat dieses Gefühl für Stil und Eleganz behalten. Gisela scheint weniger Wert darauf zu legen. In einer Seniorenresidenz lebt sie. Das kann sie sich leisten. Ihr letzter Ehemann, ein Dachdeckermeister, hat gut für sie gesorgt. Es schmeichelte ihm, ein echtes, ehemaliges Mannequin geheiratet zu haben. Seinen Stolz trug er wie ein Banner vor sich her.
„Ich war nie so eng mit Erika!“, meint Gisela nun.
„Sie war schon ein raffiniertes Luder. Hat da auf liebreizende Unschuld gemacht. Das kam gut an!“
„Das hat ihr den Opal-Thron, ein Kaffee-Service, eine Pelzstola und einen echten Lederkoffer eingebracht!“
„Vergesse nicht den silbernen Leuchter!“
„Das sah schon sehr nach Tombola aus!“

„Mit einem Hauptgewinn, Gisela!"
„Meinst du den Werbefilmvertrag?"
Ein Schweigen stellt sich ein. Tauben picken Körner aus dem Rinnstein. „Wir waren so was von naiv", murmelt Inge vor sich hin. „Ich würde es gerne vergessen, so wie ich so vieles schon vergessen habe!", erwidert Gisela mit leiser Stimme.
Im Anschluss an den bombastischen Abend der Misswahl im Kurhaus waren sie von einem „Filmregisseur" in den „Nassauer Hof" eingeladen worden. Im luxuriösen Hotel mit den Wurzelholz getäfelten Zimmerwänden und Kristalllüstern kam er rasch zur Sache. Mit Prüderie kämen sie nicht weiter, sie müssten offener sein. Er legte sie alle rein. Niemand ging zur Polizei.
„Mir hätten den anzeigen sollen, Gisela!"
„Ich hätte mich geschämt das zu erzählen!"
„Die Cäcilie hat es versucht in so einer Talkshow, aber das ging schief. Neben den frechen, jungen Dingern wirkte sie wie eine faule Pflaume!"
„Habe davon gehört!"
„Cäcilie hat gern auf große Dame gemacht, Inge!"
„Und steht heute bei der Tafel an!"
„Sie soll ein Alkoholproblem haben!"
„Damit konnte sie nicht umgehen, überhaupt nicht!"
„Ich habe immer an meinen Teint gedacht!" Gisela lacht auf. „Die Falten kamen dann doch noch!"
Der Bus hält an. Gisela hat nicht weit zu fahren, Inge muss bis nach Schierstein raus.
Schweigend sitzen sie nebeneinander. Eigentlich pflegen sie nur sehr sporadischen Kontakt.
Gisela ist ausgestiegen. Langsam nähert sie sich mit ihrem Rollator dem Eingang der Seniorenresidenz. Inge sieht noch, wie sich die breite Glastür öffnet – und Gisela darin verschwindet.

Ein Winter in Hanau

Immer wieder wollte sie von jener Fahrt nach Hanau erzählen. Eine Geschichte, die niemanden zu interessieren schien. Bei Familienfesten begannen ihre Nichten geräuschvoll den Tisch abzuräumen und die Neffen hüllten sich in den Rauch teurer Zigarren. Was sollte das Geschwätz nach mehr als fünfzig Jahren?

In Hanau hatte sie ihren Verlobten Paul im Reservelazarett von Schloss Philippsburg besuchen wollen. Nach der Amputation seines linken Unterschenkels sollte er sich auf dem Weg der Genesung befunden haben.

Die Welt schien aus den Fugen geraten zu sein. Die Ereignisse überschlugen sich. Unruhen und Umbrüche. Der Krieg vorbei – und geblieben, gleich einer dunklen Verheißung, waren Ungewissheit und Verunsicherung.

Johannas Reise nach Hanau endete vor den Toren von Schloss Philippsburg. Die „Spanische Grippe" hatte Hanau erreicht und Paul gehörte zu ihren ersten Opfern.

Sein Bruder, der Pastor, der mit Johannas Schwester verheiratet war, behauptete, Paul sei zur falschen Zeit am falschen Ort gewesen.

„Und die vier Jahre zuvor?", entgegnete ich.

Der Pastor redete lange kein Wort mehr mit mir. Ich galt nun als die Naseweise in der Familie. Auch lag der andere Krieg noch nicht lange zurück – doch darüber äußerten sich die Männer in der Familie nie.

Die „Spanische Grippe". Seltsam, wie wenig an diese Katastrophe erinnert. Selbst Fotografien sind rar. Vielleicht steckt hinter dem beinahe Vergessen eine Art kollektiver Verdrängung. Was konnte nach dem großen Sterben in den Schützengräben noch

erschrecken? In den Traueranzeigen aus dieser Zeit ist häufig zu lesen „von kurzer, schwerer Krankheit aus dem Leben gerissen". Auffallend jung waren die Verstorbenen zudem oft gewesen.
Von einer Epidemie ist man anfangs nicht ausgegangen. Eine erste Ansteckungswelle im Frühjahr 1918 ging relativ harmlos vorüber. Im Herbst des gleichen Jahres häuften sich allerdings die Ansteckungen mit aggressivem Verlauf. Die Haut der Erkrankten zeigte dann eine dunkelblaue Verfärbung – ein Zeichen der Unterversorgung mit Sauerstoff. Akutes Lungenversagen führte zum Tod.
Lange herrschte die Meinung vor, es mit einem „Grippebakterium" zu tun zu haben. Den tatsächlichen Auslöser der Epidemie, die zur Pandemie ausartete, war das Influenzavirus, das erst 1933 nachgewiesen werden konnte.
Das gefährliche Virus war auf eine geschwächte, mangelernährte Bevölkerung getroffen. Vorbeugung und Vorsorge waren kaum möglich. Es wurde geraten, sorgfältig auf Reinlichkeit bedacht zu sein und sich regelmäßig die Hände zu waschen. Zudem wurde empfohlen mit Salzwasser zu gurgeln und große Menschenansammlungen zu meiden.
In Hanau blieben im Oktober 1918 viele Schulen wegen der großen Ansteckungsgefahr wochenlang geschlossen. Die Stadt befand sich in einem Ausnahmezustand – und der Winter stand vor der Tür.
Und Johanna? Über ihre Trauer sprach sie nie, nur die Fahrt nach Hanau hatte sich in ihr Bewusstsein eingegraben. Es begann damit, wie sie auf dem Bahnhof von Bischofsheim an diesem kalten Morgen auf den Zug wartete, während die Platanen auf dem Vorplatz gefällt wurden. Grau und gestaltlos seien ihr die Menschen erschienen. Es habe sie kein gutes Gefühl begleitet... Spätestens an dieser Stelle ihrer Erzählung räusperte

sich einer der Neffen, oder eine Nichte klapperte viel zu laut mit dem Geschirr.
Es muss 1965 gewesen sein, als ich Johanna zum Friedhof nach Kelsterbach begleitete, wo sich Pauls Grab befand. Der Frühling war ausgebrochen. Lichtflecken und Schatten tanzten im warmen Wind und die Vögel sangen in den hohen Bäumen. Sie strich mit der Hand über den verkieselten Stein. „Und alles wegen einer Grippe!", murmelte sie.
„Das war nicht irgendeine Grippe!", widersprach ich.
„Was macht das für einen Unterschied, Margit?" Streng blickte sie mich an, eine alte Frau, doch seltsam zeitlos geblieben in ihrer schlanken Eleganz.
Wir verließen das Grab unter der hohen Rotbuche. Es würde bald eingeebnet werden, sagte sie, um mir dann die Geschichte der Fahrt nach Hanau zu Ende zu erzählen.
Eine schale Gleichgültigkeit habe sie gefühlt, je mehr sie sich dem Lazarett im Schloss Philippsburg genähert habe. „Ich hatte Angst ihn wiederzusehen, Margit!", brach es aus ihr heraus.
„Ehrlich?"
Sie lächelte. „Es war der Krieg, der alles verändert hatte. Wir waren einmal ein schönes Paar!"
„Ja!", sagte ich, „ich versuche es zu verstehen!"
„Es ist sehr einfach. Man soll sich nicht selbst belügen!"
Mich erstaunte ihre Ehrlichkeit. Sie war über achtzig Jahre alt und kein milder Schleier bedeckte ihre Erinnerung.
„Hast du etwas von der Grippeepidemie gewusst?"
Sie nickte. „Man hörte davon!"
„Und hast du dir Sorgen um ihn gemacht?"
„Nein, ich dachte, er ist an einem sicheren Ort!"
Am Eingangsportal des Schlosses sei sie von einer Rot-Kreuz-Schwester rüde zur Seite geschoben worden. Die Zeiten für

feine Fräuleins, die die Betten der Krieger umlagerten, wären vorbei, erklärte sie ihr. Da habe sie ihr die Besuchserlaubnis gezeigt. Die Frau hätte den Kopf geschüttelt: „Zu spät!"
„Und du, was hast du gemacht?"
„Es hatte zu schneien angefangen, ganz weich und leicht haben die Flocken getanzt. Das Schloss versank in einem Wintertraum, ach, Margit, es ist so lange her!"
Sie hatte ihre Geschichte endlich zu Ende erzählen können. Die Geschichte einer innigen Umarmung von Leben und Tod – und einer verlorenen Liebe.

Schottergarten, Laubsauger und Mareike

Eine gepflegte Straße in Groß-Gerau. Julisonne strahlt auf den Schotter der Vorgärten.
Rolf hat auf der Veranda Platz genommen und blickt angestrengt auf Symmetrien strenger, gerader Linien. Eine schlanke Konifere reckt sich zwischen dem Lavageröll hervor. Heike hat einen Buddha in den schmalen Kiesstreifen gesetzt. Als Abgrenzung zum Nachbargrundstück sind mit Steinen gefüllte Gitterkörbe aufgeschichtet. Ein idealer Sichtschutz und hoffentlich ein Wall gegen den Wildwuchs von nebenan.
Als vor einigen Wochen der Schotter abgeladen wurde, hatte Nachbarin Mareike spöttisch gefragt, ob er weiter bauen wolle. „Hier kommt Ordnung rein!", hatte er geantwortet, wobei er auf den Vorgarten zeigte. Sie hatte ihn lächelnd angesehen: „Spätestens nach zehn Jahren ist das alles Abraum!"
Seitdem herrscht dicke Luft zwischen ihnen. Sie macht auf Dornröschenschloss, lässt die Hecken sprießen, hat sich einen Teich

mit Froschbesatz zugelegt, wo sie sich vorher schon das größte Grundstück unter den Nagel gerissen hat, die dumme Gans.
Der Nachbar rechterseits hat einen prächtigen Findling zwischen das Geröll gesetzt. Würde ihm auch gefallen, doch Heike denkt an einen weiteren, diesmal mit Blattgold überzogenen Buddha. Weiter unten in der Straße hat einer eine ausgediente Wasserpumpe auf den Schotter gestellt. Rotlackiert. Dass der ehemalige Metzgermeister Görres unbedingt seinen Fleischwolf aufstellen musste, fanden einige Bewohner der Straße geschmacklos. Heike hatte gekichert. Sie könnten ja Omas Traubenmühle holen. Und da behaupte eine gewisse Besserwisserin von nebenan, ihnen allen würde es an Fantasie mangeln und die ganze Gartengestaltung würde vor Einfallslosigkeit strotzen. Heike behauptet weiterhin, Mareike habe das Wort „Einfallspinsel" gebraucht.
Allein verbringt er dieses Wochenende. Heike ist ihre Tochter in Darmstadt besuchen gegangen. Lisa kommt nicht hierher – wegen ihm.
Ein weiter, blauer Sommerhimmel spannt sich über Groß-Gerau, heizt die steinigen Vorgärten auf. Von den nahen Feldern erhebt sich ein staubiger Wind.
Er verlässt die Veranda. Auf Knopfdruck schließen sich die Fensterjalousien. Dämmerung füllt die Räume aus.
Heike und er haben sich ein großzügiges Kuschelnest gebaut. So hat er es sich immer gewünscht, eine Frau, die zu ihm hält, ihn nicht ständig kritisiert. Seine Ex hatte das draufgehabt.
Sie hatten eines der letzten Grundstücke im Neubaugebiet, weit hinter der Fasanerie, erwerben können, mit der Absicht, einen Neuanfang zu wagen. Es ist gut, dass nicht viele Kinder in der Straße leben. Häuser in dieser Lage können sich eben nur Besserverdienende mit zwei sicheren Einkommen leisten.

Nicht schön, aber schön praktisch: Schotter im Vorgarten.

Er blinzelt durch die halbgeschlossene Jalousie des Esszimmers. Mareike schneidet ihre Rosen, beinahe auf der Grundstücksgrenze. Da, er will seinen Augen nicht trauen, sie ist auf den Gitterkübel, den Steinknast, wie sie es nennt, gestiegen. Soll er ihr die Meinung sagen, von wegen Privateigentum und so!
Muss nicht sein.

Zum Glück ist Heike nicht da. So schaut er ihr heimlich weiter zu, wie sie sich reckt und streckt. Sie ist schon eine Zuckerschnute, die Mareike. Er schnalzt mit der Zunge. Ziemlich laut.
In einem Traum mutierte Heike einmal zu Mareike. Schlank und biegsam lachte sie ihn an – und nicht aus. Als er aufwachte, schüttelte er sich. Er und diese Fratze! Gewiss würden die Wespen unter seine Bettdecke kriechen und die Strudelwürmer aus dem Tümpel ihn in die Waden kneifen. Er hat genug für den Umweltschutz getan: Eine Solaranlage, steuerlich absetzbar, bedeckt Hausdach und Garage. Mareike füttert ihren Ofen mit Holz. Eine große Unruhe wühlt in ihm. Es lockt das Weib in seiner Kreatürlichkeit, diese Knallerbse – ach, nee! Er hat Ordnung zu halten. Seine Immobilie ist etwas wert.
Der Abend naht. Die Sonne hat sich gerade hinter dem fernen Kranz der Auwälder versenkt.
Er kennt die Landschaft am Fluss kaum, nicht die hohen Spitzpappeln an den schmalen Dämmen, wo in den Sumpfniederungen die Krüppelweiden sich mit der Melancholie der Landschaft verbinden. Manchmal joggt er da drüben – doch dann hat er auf die Stoppuhr zu achten. Dem Nachbar erzählte er von seiner Marathonkarriere. Er hatte sich das so ausgedacht. Smart, fit, sportlich hat man zu sein in einer Straße wie dieser.
Er gibt heute noch was zu tun. Auch ein Steingarten bracht Pflege. Unerwünschter Pflanzenbewuchs muss nicht sein. Er geht mit dem Laubbläser drüber. Mareike zeigt ihm einen Vogel über den Gartenzaun weg. Es macht ihn verlegen.
Als er unlängst einige Gräser zwischen dem Schotter mit dem Bunsenbrenner abflämmte, hatte sie ihm zugerufen, ob sie zu seinem Lagerfeuer eingeladen sei, oder er nur pyromanische Instinkte auslebe.

Wenn Heike wüsste, was er sich von der Tusse alles gefallen hat lassen, würde sie noch auf falsche Gedanken kommen. Ganz empfindlich ist sie darin und sowieso sehr penibel. Das war Martina, seine Ex, nicht gewesen. Allein die vielen Bücher in der Wohnung, diese Staubfänger. Richtig versifft war die Bude. Und trotzdem hatte er es lang mit ihr ausgehalten.
Bevor er die Alarmanlage am Haus scharf macht für die Nacht, geht er noch einmal zur Grundstücksgrenze rüber. Er muss es sich ansehen. Heike zuliebe hatte er es gemacht.
Deutlich ist es zu sehen. Herbizide hat er gespritzt. Seine letzten Vorräte aufgebraucht. Abgedorrt ist das Gras, und die Kratzdisteln schwächeln. Sehr mutig hatte er sich hinterher gefühlt. Ziemlich schlecht fühlt er sich jetzt auf einmal.
Zurück im Haus, gießt er sich einen Cognac ein. Wie stumpfes Blei lagert der Garten vor der Fensterfront. Das Geröll verblasst in der Dämmerung. Drüben schimmert Licht zwischen den Bäumen. Er holt tief Luft und lässt sie entweichen. Nein, die Bäume wird er in Ruhe lassen, wenn auch Heike noch so rumlamentiert, wegen Schattenwurf und dem Vogelschiss auf der Veranda. Soll sie ihn Warmduscher nennen, alles hat seine Grenzen. Strafbar hat er sich gemacht. Diesen Gedanken will er nicht weiterverfolgen. Mit der Justiz hat er noch nie etwas zu tun gehabt.
Die Nacht hat sich über Groß-Gerau gelegt. Er fühlt eine schwere Müdigkeit. Es war ein heißer, langer Tag.
Ein Wald-Weidenröschen lässt seine Kapseln springen und vom Wind verbreiten, der sie über das Schotterfeld streut, darunter die lichtscheuen Bewohner des Bodens ihre Gänge graben, sich die Asseln von faulenden Stoffen ernähren und Tausendfüßler sich verkriechen.
Es tanzt der Bär unter der Steinwüste – trotz alledem.

In der Floßrinne

Ein längst vergessener Sommertag. Mücken tanzten über dem Schilf. Sumpfiges Wasser bei der alten Brücke aus morschen Holz. Apfelbaumwiesen, hohe Pappeln und dahinter das hellgraue Fließen des Mains.

Sie, die Mädchen der Mathildenschule von Offenbach waren mit ihrer Lehrerin Marie Steitz unterwegs. Ein Schulspaziergang, der die Kinder über die Mainbrücke zum Frankfurter Ufer hinführte und weiter flussabwärts bis zur Schleuse, die erst vor wenigen Jahren erbaut worden war.

Die Schülerinnen wateten ins seichte Wasser der Floßrinne, die beim geschlossenen Wehr nur eine geringe Tiefe hatte. Barfuß sprangen sie über die gemauerten Rinnen, die für eine spezielle Strömung in Richtung Mitte der Floßrinne sorgten.

Ein fröhliches Spiel. Ganz so häufig kamen solche Ausflüge in die Natur für die Offenbacher Kinder nicht vor. Zumeist lebten sie in engen, feuchten Behausungen mit viel zu viel Menschen zusammen. Nun aber schien die Sonne, das Wasser plätscherte und ein Kichern und Lachen sprang über den Fluss, an dessen Ufer die Weiden ihre Zweige neigten. Marie Steitz hatte ein wachsames Auge auf die muntere Schar.

Sie waren nicht allein am Stauwehr. Einige Bornheimer Buben hielten sich ganz in der Nähe auf und es dürfte schon manches Wort gefallen sein. Zickiges Mädchengeschrei, imponierendes Bubengehabe. Ein altes Spiel. Irgendeiner musste dann auf den Einfall gekommen sein, die Mädchen einmal richtig zu erschrecken.

Die Bornheimer Buben waren am Fluss beinahe wie zu Hause, hatten schon viele Sommertage des Jahres 1909 bei der Schleuse verbracht und oft dem Schleusenwärter zugeschaut, wie er durch eine Hebelvorrichtung den Wasserstand veränderte. So erklommen sie jetzt den Schleusenturm, worin sich der Hebel der Trommelwehrklappe befand – vollkommen ungesichert und für jeden frei zugänglich.

Ein Gedenkstein erinnert an die Opfer des Schleusenunglücks.

Sie dürften sich wenig Gedanken über die Folgen gemacht haben als sie den Hebel lösten – doch was sie dann sahen, ließ sie panisch die Flucht ergreifen.
Das Unheil nahm seinen Lauf.
Tosend stürzte die Wasserflut in die Floßrinne mit den ahnungslosen, spielenden Kindern. Einigen gelang es noch, sich zur Treppe hin zu retten.
Zufällig hielten sich in der Nähe Arbeiter der Baufirma Holzmann auf. Sie versuchten die angeschwemmten Kinder aus dem Wasser zu ziehen. Tragisch endete dieser Versuch für Wilhelm Göbig aus Heinrichsthal. Er hatte zwei der Mädchen packen und festhalten können. Die Besatzung eines Segelbootes wollte ihm zu Hilfe kommen, doch schleuderte die starke Strudelbildung das Boot auf Göbig und die beiden Kinder zu. Sie tauchten nicht mehr aus den Fluten auf. Dem Fährmann Heinrich Schrecker gelang es, zwei Kinder aus dem Wasser zu ziehen. Ein bereits bewusstloses Mädchen brachten Ruderer ans jenseitige Ufer zur Gerbermühle, wo es wiederbelebt werden konnte.
Alles hatte sich in wahnsinniger Schnelle zugetragen. Augenblicke die aufschienen und vergingen – wie das Leben von sieben jungen Menschen.
Es hatte sich rasch in Offenbach herumgesprochen, dass draußen an der Staustufe ein Unglück geschehen war. Am nächsten Tag wurden die Namen der Toten bekannt gegeben.
Es waren die Töchter von Lederarbeitern, Eisenhoblern, Tagelöhnern gewesen, für die in der Zeitung ein Spendenaufruf erschien, um so die meist mittellosen Familien finanziell zu unterstützen. Ja, es herrschte viel Anteilnahme in der Stadt am Main.
Am 23. August 1909 fand auf dem Alten Friedhof von Offenbach die Trauerfeier statt – bei strahlendem Sonnenschein.
Ein Gedenkstein erinnert noch heute an die sechs Mädchen der

Mathildenschule und den Arbeiter Wilhelm Göbig. Eine Erinnerung an sorglose Stunden in einem gewiss nicht sorgenfreien Kinderleben, an Übermut, Leichtsinn und unvollendet gebliebene Schicksale.
Luise, Käthe, Else, Juliane, Auguste, Wilhelmine – es war ein Sommertag.

Vergoldete Kuppeln und ein weißer Marmorsarg

Weithin sichtbar leuchten die vergoldeten Kuppeln der „Russisch-Orthodoxen Kirche der heiligen Elisabeth“ auf dem bewaldeten Neroberg bei Wiesbaden. Kein Ort der Stille. Sehr nah ist die Stadt.
Das einstige Weltbad Wiesbaden war im vorrevolutionären Russland eine gute Adresse für Großfürsten, Großindustriellen und Großkotzen. Hin zu den warmen Quellen in mondäner Umgebung flüchtete man sich vor dem langen russischen Winter. Eine exquisite Gesellschaft, die flanierend Überdruss und Langeweile ausführte, fand hier zusammen. Später kamen die Emigranten dazu, nicht wenige der Kurgäste von einst befanden darunter. Etwas verhaltener ging es nun zu. Für viele wurde Wiesbaden die letzte Lebensstation. Neben der Kapelle auf dem Neroberg befindet sich ein russischer Friedhof.
Die „Griechische Kapelle“, wie die Kirche im russisch-byzantinischen Stil, allgemein genannt wird, ist eigentlich eine Grabeskirche. Ein besonderer Ort. Ikonen und vergoldete Kerzenständer schimmern im Licht, das durch die hohen Kuppelfenster dringt. Alles wird in ein farbiges, mit viel Blattgold aufgeladenes

Dämmer getaucht. Orthodoxe liturgische Gesänge klingen von irgendwoher. Die Krypta ist wie ein Gegenentwurf zur prunkhaften Ausstattung der Kapelle: Ein vergoldetes schmiedeeisernes Gitter umschließt den Sarkophag aus weißem Marmor in schlicht klassischer Eleganz. Ihr, die hier bestattet wurde, ist diese Kapelle errichtet: Elisabeth Michailowna von Russland.

1826 in Sankt Petersburg geboren, war sie eine Nichte des Zaren Nikolaus I. und mit kaum siebzehn Jahren die Braut von Herzog Adolph von Nassau geworden – ein Mädchenschicksal jener Zeit im europäischen Hochadel. Staatsraison war eine unerbittliche Kupplerin, die zusammenführte, was nicht zusammengehörte. Hohe Diplomatie – manchmal konnten selbst solche Ehen gut gehen, und wenn nicht, wusste man sich zu arrangieren. In diesem Fall passte einiges zusammen. Adolph und Elisabeth waren sich bereits zuvor einmal in Bad Ems begegnet, und kein allzu großer Altersunterschied trennte sie. Auch soll eine echte Zuneigung bestanden haben. Die ideale Verbindung also, wenn auch politisch anfangs mit Skepsis betrachtet – zu nah wollte man den Zarenhof im jungen Herzogtum Nassau dann doch nicht haben. Die Wogen hatten sich längst geglättet und die Mitgift der Braut belief sich auf eine Million Rubel. Zeitgleich hatte die Zarentochter Alexandra den Prinzen von Hessen-Kassel geheiratet. Glanzvoll waren beide Hochzeiten 1844 im Winterpalast des Zaren gefeiert worden. Bitterkalte Januartage in Sankt Petersburg und ein Reigen an Bällen und Empfängen. 200 000 Rubel sollen die Festlichkeiten verschlungen haben. Über Berlin, Weimar, Frankfurt am Main, erreichte das Paar schließlich das Stadtschloss von Wiesbaden.

Siebzehn Jahre war die „Landesmutter“. Am Zarenhof aufgewachsen, mit Privilegien ausgestattet, nun eine Rolle einnehmend, auf die sie vorbereitet gewesen, die sie dennoch zu über-

Die Kapelle auf dem Neroberg ist die Kirche der Elisabeth Michailowna.

fordern schien. Es war eben keine spritzige-muntere Prinzessin aus dem fernen Russland gekommen. Ihr Portrait zeigt sie als hübsches, aus sanften Augen blickendes, scheu wirkendes junges Mädchen.

Ihrer Umgebung blieben ihre Antriebslosigkeit und melancholischen Stimmungen nicht verborgen. Häufig kränkelte sie. Man begann sich Sorgen über ihren Gesundheitszustand zu machen. Kein gutes Zeichen für den Erhalt einer Erbdynastie. Fruchtbarkeit und eine gute körperliche Konstitution wurden vorausgesetzt. Die erste Forderung erfüllte sie mit ihrer Schwangerschaft, die aber ihren labilen Zustand noch verstärkte. Es wurde lange ein Geheimnis um ihre Erkrankung gemacht, bis es zu offensichtlich geworden war. Die junge Herzogin litt an Tuberkulose, einer galoppierenden Schwindsucht. Nichts konnte sie mehr retten. Schwach und ausgezehrt überlebte sie die Geburt ihrer Tochter am 16. Januar 1845 nicht. Tags darauf verstarb auch das Kind.

Ein tragisch-kurzes Leben. Blumen waren ihr gestreut und Ehrenpforten errichtet worden, doch klammheimlich hatte sich die tückische Krankheit eingeschlichen. Gegen die Volksseuche Tuberkulose gab es noch kein wirksames Mittel. In Sankt Petersburg war ihre Cousine, die Zarentochter Alexandra, ebenfalls an Tuberkulose erkrankt, bei der Geburt eines Sohnes verstorben.

Aus der Mitgift der Verstorbenen ließ ihr Witwer, zwischen 1847 und 1855, die Kapelle auf dem Neroberg erbauen. Kein deutsches Tadsch Mahal entstand am Taunusrand, doch ein außergewöhnliches Bauwerk mit einem Hauch von Morbidität. Eingetaucht in die Abenddämmerung, sind die Kuppeln der Kapelle auf den Neroberg ein letztes Leuchten – und dann die Nacht.

Unterm Asphalt – ein Hauch Noblesse

In der Nacht von Freitag auf Samstag am 2./3. Februar 1945 ging im Bombenhagel Wiesbaden beinahe unter.
Nach dem üblichen Alarm war die Nacht plötzlich zum Tag geworden. Dicht an dicht beleuchteten „Christbäume“ die Stadt, und in Sekundenschnelle nahm das Unheil seinen Lauf. Bomben von großer Sprengkraft, unzählige Stabbrand- und Phosphorbomben gingen auf die Stadt nieder, die bisher weitgehend verschont, nur kleinere Angriffe zu überstehen gehabt hatte. Während der Bombardierung des Kurviertels hatte sich in der baulichen Enge im Bereich der Webergasse ein Flächenbrand entwickelt, der das ganze Viertel völlig zerstören sollte.
Nach jener furchtbaren Nacht bot sich den Überlebenden ein verstörendes Bild. Ausgebrannt war der große Saal des Kurhauses. Von den beiden Kolonnaden ragten nur Säulenstümpfe aus dem Trümmerfeld. Ausgehend vom Kochbrunnen bis hinauf zur Bierstädter Höhe lagen Hotels, Badehäuser, Villen und Landhäuser in Trümmern – darunter auch das „Paulinen-Schlösschen“.
1841 war mit dem Bau des Schlosses als Witwensitz der Herzogin Pauline von Nassau begonnen worden. Noch vor der endgültigen Fertigstellung 1843 zog sie mit ihren drei Kindern, Helene, Nikolaus-Wilhelm und Sophia, ein.
Als württembergische Prinzessin 1810 in Stuttgart geboren, hatte sie mit 19 Jahren Wilhelm von Nassau geheiratet. Dessen verstorbene Ehefrau, Luise von Sachsen-Hildburghausen, war ihre Tante gewesen.
Wilhelm von Nassau, 1792 geboren, galt seinen Zeitgenossen als ein Mensch von despotischem Autoritätsgehabe. In seiner Familie soll er sein tyrannisches Unwesen getrieben haben.

Erst ein Opfer der Bomben, dann ein Opfer der Abrissbagger – das Paulinenschlösschen.

Louise von Sachsen-Hildburghausen, einst zusammen mit ihren beiden Schwestern gefeierte Schönheiten, verstarb nach der Geburt des achten Kindes. So endete eine jener unglücklichen Standesehen, über deren desaströsen Zustand einiges nach außen gedrungen sein musste. Es bewahrte die junge Pauline von Württemberg nicht davor, seine zweite Frau zu werden. Für sie stand keine große Auswahl an geeigneten Bewerbern bereit, war sie doch von Geburt an schwerhörig, ein Malus im Wertekodex der Heiratspolitik des deutschen Hochadels.
Das Paar nahm seinen Wohnsitz im Biebricher Schloss am Rhein. Diese Ehe entwickelte sich genauso unerfreulich wie die vorherige. Von ihrer „Leidensgeschichte" soll die Herzogin später noch oft gesprochen haben. Doch das Schicksal hielt eine freundlichere Wendung für sie bereit. Der neunzehn Jahre ältere Herzog starb 1839 infolge eines Schlaganfalles während seines Kuraufenthaltes in Kissingen.

Herzogin Pauline konnte ein luxuriöses Potentatenwitwenleben führen in einem Land, dessen Revolution nur an den Rändern gekratzt hatte. So leistete sie sich neben ihrem Stadtschloss noch ein herrschaftliches Landhaus in Bad Soden. Sie galt als rechthaberische Persönlichkeit, ein Charakterzug, der wohl durch ihre Taubheit verstärkt worden ist. So urteilte ein Zeitgenosse über sie: „Ihre Durchlaucht ist und bleibt indifferent gegen jede Rücksicht, die ihrer eigenen Ansicht und Einsicht nicht zusagt." In der Bevölkerung genoss sie als großzügige Stifterin einiges an Beliebtheit.
Bei der Einrichtung ihres Schlosses soll sie eine Affinität zum „maurischen Stil" gezeigt haben, was sich in einer Vielzahl zierlicher Diwane mit rot-goldenen Decken, viel Seide und Mahagoni ausdrückte – ein Fantasiestil ganz nach Pariser Fasson. Die Damen des Hochadels gingen mit der Mode, gestalteten ihre Schlösser gerne sehr üppig aus.
Beinahe drei Jahrzehnte lebte sie in ihrem repräsentativen Anwesen. Das Ende des Herzogtums Nassau 1866 erlebte sie nicht mehr. Das Territorium sollte eine Fußnote in der Geschichte bleiben. Stiefsohn Adolph schied auf Druck Preußens mit einer stattlichen Entschädigung aus dem Amt.
Nach Paulines Tod 1856 blieb das Schloss bis 1896 im Familienbesitz und wurde danach an einen Privatmann verkauft, der im „Paulinen-Schlösschen" 1899 eine „Kolonialveranstaltung" stattfinden ließ, deren Attraktion ein junger Togolese war.
1900 erwarb die Stadt Wiesbaden das Schloss. Dringend wurden repräsentable Räumlichkeiten gebraucht, damit das Veranstaltungsprogramm der weltoffenen Stadt während des Neubaus des Kurhauses weitergeführt werden konnte. Das Schloss wurde zum Kurhausprovisorium umgebaut und ab 1907 als Stadthalle genutzt, worin große Kongresse bis hin zu banalen

Maskenbällen stattfanden. Das Paulinenschlösschen hatte seine neue Bestimmung gefunden, jetzt, wo es keine Witwen mehr zu beherbergen gab – bis zu jener unseligen Februarnacht 1945. Die Ruine wurde abgerissen. Heute befindet sich hier ein profaner Ort, aufgeplatzter Asphalt, schüttere Bäume am Hang. Parkplatztristesse – und der Regen fällt.

Die Wahrheit liegt im Wein

In die „Drosselgasse" zu Rüdesheim stürmten die Gäste in Scharen ein. Eine heitere Welt am Strom. Wein, Weib und Gesang – und dann geschah etwas Unerhörtes: ein Weinpanscher-Prozess vor dem Schöffengericht in Wiesbaden erschütterte die Zunft weit über den Rheingau hinaus. Die Besucher der Drosselgasse wird es nicht gestört haben – schließlich gab es dort schon einen Bierausschank.
Doch was war geschehen? Ein Winzer hatte seine Weine „veredelt", sie als „Naturwein", „Originalabfüllung" und vor allem als „Spätlese" ausgegeben, was den Preis hochgetrieben hatte. Der Tatbestand des Betruges stand fest, wenn die Verteidigung auch argumentiere, dass es in den Weinanbaugebieten mit der Etikettierung „Spätlese" überall nicht so genau genommen würde. Diese forsche Feststellung änderte nichts daran, dass der Winzer betrogen hatte. An die 20 000 DM sollte er so „herausgewirtschaftet" haben – 1958 ein stolzer Betrag.
Beim angeklagten Winzer hatte der zuständige Weinkontrolleur wohl in ein richtiges Wespennest gestochen. Aus sechs Fässern entnahm er Weinproben. Bei vier der Fassproben stellte er fest, dass die Weine sehr dünn und unharmonisch seien. Beim

Die Drosselgasse in Rüdesheim – noch immer ein Touristenmagnet.

fünften Fass handelte es sich „um ein sonderbares Erzeugnis“, wie das Labor feststellte. Einzig der Wein im sechsten Fass sei in Ordnung gewesen. Es stand zudem der Verdacht im Raum, dass unzulässige Zusätze verwandt worden seien, wobei eine Fälschung, sprich Panscherei, während des ganzen Prozesses nicht nachweisbar war und dieser Anklagepunkt fallen gelassen werden musste. Natürlich waren die Kellerbücher nur lückenhaft geführt worden.

Ein Weinkommissionär aus Frankfurt sagte im Zeugenstand aus, der Winzer habe genau das geliefert, was die Kunden wollten. Es habe ihn allerdings die große Menge an Spätlesen erstaunt. Auf seine diesbezügliche Frage hin, habe ihm der Winzer erklärt, dass in Berglagen gerade in schlechten Weinjahren beste Naturweine gedeihen würden, und er lobte den günstigen Sonnenstand über den Rheingauhängen, der solch ein Wunder hervorbringen würde. Der Weinkommissionär war von der Qualität der Weine überzeugt, räumte allerdings ein, wenn er von der falschen Kennzeichnung gewusst hätte, wäre er im Kaufpreis weit daruntergeblieben.

Ein weiterer Weinhändler wunderte sich über die seltsame Spätlesevermehrung im Rheingau. Überall seien Spitzenweine angeboten worden. Es wäre nun einmal so, dass gute Weine ihren Preis hätten und Spätlesen seien eben ein Qualitätsmerkmal. Dennoch so führte der Staatsanwalt in seinem Plädoyer aus, habe der Winzer mit seinen dunklen Machenschaften der deutschen Weinwirtschaft großen Schaden zugefügt. Wegen fortgesetzten Betruges wurde der Winzer zu einem Jahr Gefängnis und einem dreijährigen Berufsverbot verurteilt. Fünf Fässer mit dreitausend Liter Wein zog das Gericht zudem noch ein.

Aus heutiger Sicht erscheint es, als hätten sich damals Wild-West-Manieren in der Weinwirtschaft breitgemacht. Der

Wein war zum goldenen Nugget mutiert. Es lockte eben überall das große Geld im Wirtschaftswunderland. Ein weiterer Fall vor dem Schwurgericht in Wiesbaden hatte sich im nahen Kostheim zugetragen. „Vergehen gegen das Wein- und Lebensmittelgesetz“ lautete die Anklage.
Mit einer unappetitlichen Angelegenheit hatte das Gericht es hier zu tun bekommen, eben einer richtigen Weinpanscherei, die sich ein Winzer- und Landwirt erlaubt hatte. Ihm wurde zur Last gelegt, dass er Weine verarbeitet hätte, ohne sich um die gesetzlichen Bestimmungen gekümmert zu haben, ihnen Wasser, Zucker und sonst was zugesetzt habe. Alle Weine erwiesen sich nach den Laboruntersuchungen als unreine, ungepflegte, saure, ungenießbare und verdorbene Erzeugnisse.
Aufgeflogen war der Schwindel nachdem ein Weinkontrolleur 1957 beim Winzer erschienen war und festgestellt hatte, dass dieser noch nie ein Kellerbuch geführt hatte. Der Winzer zeigte ihm daraufhin einen kleinen Keller, indem kümmerliche Weinbestände lagerten. Doch war dem Weinkontrolleur die Existenz eines weiteren, angemieteten Kellers bekannt geworden. In diesem Keller lagerten 10 200 Liter Wein, der vom Kontrolleur nach kurzer Probe als „nicht verkehrswürdig“ erkannt und beschlagnahmt wurde. Vor Gericht gab der Winzer zu, dem Wein nach eigenem Gutdünken, Wasser und Zucker zugesetzt zu haben.
Es muss eine üble Brühe gewesen sein – doch noch war der Wein nach heutigen Maßstäben kein Edelprodukt, sondern ein Genussmittel für die breite Masse. Ohne Vergleichswerte schmeckte er meist ganz gut.
Nach den beiden Prozessen vor dem Schwurgericht in Wiesbaden stand bereits ein weiterer Prozess wegen des gleichen Delikts an – diesmal in Heidelberg.

Im Sonnenschein liegen die Hänge, wo Wildrosenhecken im Felsgestein wuchern und drüben am Drachenstein, ein Wein von feinwürziger Note auf tiefgründigen Kalkböden gedeiht. In der Drosselgasse schunkeln sich Kegel-Club-Damen in den Abend hinein – wie einst im Mai.

Vom verschwundenen Schloss

Georgenborn, profane Architektur, schmucklose Zweckbauten, da wo einmal ein pittoreskes Schloss gestanden hatte.
1863 als der preußische Rittmeister und Gutsbesitzer Constantin von Zachau-Strelitz ein etwa 50 Morgen großes Grundstück in Georgenborn erwarb, um sich dort einen Landsitz zu erbauen, war der Ort beinahe noch eine Wüstung gewesen. Bereits 1879 musste Zachau-Strelitz sein 1872 fertiggestelltes Anwesen wegen diverser Spielschulden verkaufen. Verarmt soll er nach seiner Auswanderung in den USA verstorben sein.
Neuer Besitzer des Landhauses wurde der Gummifabrikant Ferdinand Krauskopf. Er, ein ehemaliger Handlungsreisender aus einem Ort bei Waldeck, hatte sein Vermögen mit dem von Charles Goodyear entwickelten und patentierten Verfahren, Gummistiefel zu produzieren, gemacht. Da seine Geschäfte in Deutschland nur schleppend liefen, verlegte er seine Produktionsstätte nach Russland, womit er, ein gewiefter Geschäftsmann, gleich die Strafzölle im Absatzgebiet umging, die ihn als Importeur getroffen hätten. An seinem Landsitz konnte er sich nicht lang erfreuen, verstarb er doch kurz nach dem Kauf des Anwesens.
Seinem Sohn Ferdinand, frisch nobilitiert, nun also ein Freiherr von Krauskopf, genügte das Landhaus nicht mehr. Er ließ es

abreißen und an seiner Stelle entstand „Schloss Hohenbuchau“, ganz im Geschmack der Zeit – neubarock, protzig, prunkvoll. Krauskopf war mit der aus einer Elberfelder Tuchfabrikantenfamilie stammenden Julie Simons verheiratet. Das Paar hatte vier Töchter: Emmy, Hilda, Mathilde, Léonie. Ein Portrait zeigt Julie Krauskopf als eine hübsche Frau, ohne Glamour, nett und patent. Dennoch hat ihr das Märchenschloss kein Glück gebracht. 1905 setzte sie auf „Hohenbuchau“ ihrem Leben ein Ende. Sie wurde knapp fünfzig Jahre alt.
Die jüngste Tochter Léonie (1886–1983) heiratete in das alte, sächsische Adelsgeschlecht der Grafen Rex ein. Die Hochzeit auf „Hohenbuchau“ soll ein rauschendes Fest gewesen sein. Schloss und Park dienten als Kulisse, in der der Größenwahn triumphierte. Der „Gummikönig“ hielt Hof. Ein Tanz auf dem Vulkan, denn im fernen Russland rumorte es. Krauskopf sollte im Verlauf der russischen Revolution seine Fabriken, das Vermögen samt Schloss am Taunusrand verlieren. Traumhochzeiten mit illuminiertem Park blieben nur noch eine blasse Erinnerung. Schloss Hohenbuchau ging 1921 an den russischen Großkaufmann Salomon Soskin. Die Verkaufsmodalitäten dürften sich für Soskin als günstig erwiesen haben. Er bleibt der große Unbekannte in diesem Wechselspiel von Gewinn und Verlust, eine undeutliche Figur mit Wohnsitz in Paris. Aus einer Laune heraus soll er seiner jungen Frau das Anwesen gekauft haben. Ein repräsentatives Haus, doch für die mondäne Gesellschaft, in welcher sich die Soskins bewegten, ein zu abseitiger Ort. Nach seinem Tod 1923 erbte Katharina Soskin das Schloss in den Wäldern, doch hielt sie sich nur selten dort auf. Das muss sich herumgesprochen haben. 1932 brach der Kunstseriendieb Peter Falk im kaum bewohnten Anwesen ein und stahl zahlreiche wertvolle Gemälde.

An das prächtige Schloss Hochenbuchau erinnert heute nicht mehr viel.

Das NS-Regime beschlagnahmte das Gebäude als sogenannten „Feindbesitz". Zuerst etablierte die Reichsbahn sich dort mit einer Schule für Lokführer, bis dann endgültig, auf Weisung Himmlers, die Waffen-SS Einzug hielt.

Nach dem Krieg erhielt Katharina de Bussey-Soskin die beschlagnahmte Immobilie zurück. Diese war zu einem Ort geworden, wo sich in kalten Räumen Zerfall und Untergang eingenistet hatten, der Stuck von den Decken auf stumpf gewordenes Parkett fiel und die Fresken im Festsaal verblassten. Längst war die Orgel aus dem Musikzimmer verschwunden. Der Schlosspark mit seinen mächtigen Mammutbäumen verwilderte, Dornenhecken legten ihre Schlingen aus und im Moder versank der Teich. Glanz und Glamour von Hohenbuchau waren dahin – oder war es doch nur Katzengold gewesen?

Große Vermögen waren in der Inflation verloren gegangen.

So reichten die finanziellen Mittel der Kosmopolitin Katharina Soskin nicht aus, den Protzbau mit seinem enormen Renovierungsbedarf zu unterhalten. Für was hätte es auch gut sein sollen? Gesellschaftliches Leben mit Tanz in kerzenbeleuchtenden Sälen gab es längst nicht mehr. Zudem hatte ein Großbrand im Dezember 1947 das Gebäude beschädigt und die „Grauen Schwestern" die das Schloss von 1947 bis 1952 als Kloster genutzt hatten, waren ausgezogen.

Madame de Bussey-Soskin hatte sich in einem der Nebengebäude eingerichtet, eine alternde Diva und spektakuläre Erscheinung, die sich wohl wie eine Gefangene gefühlt haben musste, an einem Ort im Nirgendwo, fern allem Glamours. Eine jener Existenzen, die entwurzelt und heimatlos, von einer Zukunft bedrängt wurden, die wenig Gutes verhieß. Die junge Republik hatte ihre Biedermanntarnkappe übergezogen und zwischendrin irrten jene Grenzgänger aus einer anderen Zeit umher. Bestaunt und bespöttelt. Angestrengt suchte sie nach einem Käufer. Ohne Erfolg, bis sich eine Wohnungsbaugesellschaft für das weitläufige Gelände interessierte, nicht aber für das marode Schloss.

1963 war es so weit. Schloss Hohenbuchau wurde gesprengt. Am Mauerrest setzte die Spitzhacke an. Damit endete eine Geschichte, sinister und ruinös, voller Verwerfungen und Vergeblichkeit. Schein und Sein hatten sich im schlossähnlichen Herrenhaus Hochenbuchau ein ständiges Gastspiel gegeben. Alle, die sich hier niedergelassen hatten, waren verschuldet, verarmt oder verschwunden. Hasardeure, Emporkömmlinge, Glücksritter sind es gewesen.

Im Park erinnern Mammutbäume mit schrundiger Rinde daran, dass alles einmal anders gewesen war. Über den Teichen wachen sie.

Persönlichkeitsrechte unbekannt

Verzweiflung und Ausweglosigkeit sind häufig die Auslöser einer Beziehungstat. Ein Verbrechen, das sich in der Intimität des familiären Umfeldes abgespielt hat, mit Akteuren, die sich einmal sehr nahe gestanden haben. Die überlebenden Angehörigen sind zweifelsohne Opfer geworden, gefangen in einem unheilvollen Kreislauf und oft lebenslang traumatisiert. Das belastende Geschehen kann nicht mehr rückgängig gemacht werden – und es ist immer nah, zu nah.

Die Ehe des 33-jährigen Frankfurter Arbeiters war zerrüttet. Seine Frau hatte ihn und die gemeinsame Tochter verlassen. Es hätte sich vielleicht alles erledigt und irgendwann wäre Gras über diese unerfreuliche Beziehung gewachsen, doch dann kam der Tag, als Elfriede S. nach mehr als sechswöchiger Abwesenheit in der Wohnung ihres Mannes erschien, um dort einige persönlich Gegenstände mitzunehmen. Sie dachte nicht an Rückkehr zu ihrem Ehemann, hatte sie doch längst Beziehungen zu anderen Männern aufgenommen. Eine junge Frau, leichtsinnig, lebenssüchtig, ohne großes Verantwortungsgefühl. Die elfjährige Tochter lebte in einem Kinderheim.

Er hatte auch längst mit ihr abgeschlossen, trotzdem eskalierte der Streit in der Wohnung dermaßen, sodass er sie im Verlauf der Auseinandersetzung erwürgte.

Die grausigen Einzelheiten, die sich nach der Tat ereigneten, als er versuchte, den Leichnam zu beseitigen, sind schwer erträglich. Es herrschten hochsommerliche Temperaturen und die Verwesung schritt rasch voran. Dass die elfjährige Tochter währenddessen in der Wohnung erschien und Zeugin seiner Vorkehrungen wurde, machte die Sache nur noch schlimmer.

Aufgrund der mütterlichen Vernachlässigung war das Mädchen

in einem Heim untergebracht und durfte den Vater regelmäßig besuchen. Als er ihr endlich die Tür geöffnet hatte, fand sie ihn in einem desolaten Zustand vor. Er hatte sich zuvor die Pulsadern aufgeschnitten. Doch es war nicht nur das, was das Kind zu sehen bekam, da war auch noch die zerstückelte Leiche der Mutter.

Die Elfjährige handelte merkwürdig nüchtern. Sie besorgte sich mit dem Pfandgeld für eine leere Milchflasche zwanzig Pfennige, um bei der Polizei anzurufen. Das Leben ihres Vaters, oder das was noch von diesem Leben übrig geblieben war, rettete sie ihm so.

Damit wäre die Geschichte vom tragischen Ende einer Ehe vor mehr als 50 Jahren in Frankfurt am Main eigentlich schon zu Ende erzählt. Der Täter überlebte. Und das Mädchen? In der Presse wurde seinerzeit die Tat in all ihren scheußlichen Einzelheiten beschrieben, dazu die volle Namensnennung der Beteiligten. Beruf des Täters und Bekanntgabe der Straße in einem Frankfurter Ortsteil gab es gratis dazu.

Persönlichkeitsschutz schien vollkommen unbekannt gewesen zu sein – Schicksale wurden so den Voyeuren zum Fraß vorgeworfen. Eine Praxis, die sich im Pressewesen lange hielt – was für Opfer solcher Tragödien eine weitere Tragödie gewesen sein dürfte.

Kreisgerichtsgefängnis, Albrechtstraße, Wiesbaden

Efeu kroch verstohlen die Mauern hoch. Dazwischen mischte sich der wilde Wein, feurig rot leuchtend in die Herbsttage hinein. Kein Ort der Vollkommenheit, zu wuchtig, zu massig – doch ausbruchssicher. Mehr als hundert Jahre diente der 1875 erbaute Gebäudekomplex in der Albrechtstraße als Kreisgerichtsgefängnis.

Am 4. Januar 1887 hatte im dortigen Gefängnishof die letzte Hinrichtung zweier wegen Raubmords verurteilter Männer stattgefunden. Die Schilderung des Geschehens durch einen Augenzeugen, klingt wie ein Lehrstück in Sachen Inhumanität – und dem Grundgesetz sei Dank, gehört sie in den Giftschrank vergangener Rechtsgeschichte, verriegelt und versiegelt für alle Zeit.

An jenem Januartag 1887 konnten die Wiesbadener an den Anschlagsäulen ein Plakat lesen, worauf bekannt gegeben wurde, dass das vom Kreis-Schwurgericht am 3. Juni 1886 gefällte Urteil, durch welches der Tagelöhner Heinrich Andel und der Steinhauer Josef Mallmann wegen Mordes und Raubes zum Tode verurteilt worden waren, am Vormittag im Landgerichtsgefängnis durch Enthauptung der Verurteilten vollstreckt worden sei.

Es war ein brutaler Raubmord an dem Biebricher Landwirt Christian Schneider gewesen. Die drei Täter – einer wurde zu einer lebenslangen Zuchthausstrafe verurteilt – hatten den vermögenden Landwirt ausrauben wollen. Die Tat endete mit dem Mord an Christian Schneider.

Die Täter, zwischen 26 und 30 Jahre alt, hatten ihr bisheriges Leben nicht auf der Sonnenseite verbracht. Dem Milieu der Diebe, Hehler, Rumtreiber waren sie zuzurechnen. Entwurzel-

te Persönlichkeiten, aus abgelegenen Gegenden stammend, Handlanger und Tagelöhner, gaben sie sich wohl mangels Möglichkeiten mit krummen Geschäften ab. Wie angeschwemmtes Strandgut bildeten sie den Bodensatz der wilhelminischen Gesellschaft. In jungen Jahren schon ins Abseits geraten, ohne familiäre Bindungen und moralische Bedenken, kam es irgendwann zu der schrecklichen Tat.
Unter dem Geläut der Armsünderglocke wurde am Morgen des 4. Januar 1887 zuerst Mallmann aus seiner Zelle heraus in den Gefängnishof geführt, wo er dem aus Berlin angereisten Scharfrichter Julius Krautz und seinen drei Gehilfen übergeben wurde. Krautz übte sein Scharfrichteramt auch in nichtpreußischen Gebieten aus. Aus einer Abdeckerfamilie stammend, war er zuvor selbst lange in diesem Gewerbe tätig gewesen, womit er keine Ausnahme bildete. Beinahe alle deutschen Scharfrichter hatten diesen familiären Hintergrund. Mit dem Siegel der „Unehrbarkeit“ ausgestattet, blieben sie unter Ihresgleichen am Rande der Gesellschaft, was zur Bildung wahrer Henkerdynastien führte. Stigmatisiert war das gesamte Umfeld einer Henkersfamilie. Abdeckerei auf einsam gelegenen Gehöften und die Ausübung des Scharfrichteramtes bildeten oft eine Einheit. Selten gelang es Familienangehörigen sich aus dem unsäglichen Kreislauf gesellschaftlicher Ächtung zu befreien.
Der Richtblock glich einem schmalen, auf eisernen Beinen ruhenden Schlitten, an dessen Ende ein Block mit einer Mulde für den Kopf, sowie eine Vorrichtung zum Festschnallen angebracht war. Die Füße des Schlittens wurden mittels eiserner Pflöcke in der Erde befestigt.
Mit entblößtem Oberkörper wurde Mallmann auf den Block gespannt. Der Scharfrichter trennte mit einem Beil den Kopf vom Rumpf. Die Exekution bis zur Einsargung erforderte, wie minu-

tiös vermerkt wurde, 24 Sekunden. Bei Josef Andel ging es noch schneller – in 17 Sekunden war alles vorbei. Die beiden Särge wurden in einem Winkel des damaligen neuen Friedhofs von Wiesbaden beigesetzt.
Das Richtbeil des Scharfrichters soll wuchtig und schwer gewesen sein und in etwa einer Zimmermannsaxt geähnelt haben. Es war dies die übliche Hinrichtungsweise in Hessen, wo hingegen linksrheinisch das Fallbeil, die Guillotine gebräuchlich war.
Die Zellen wurden weit über die wilhelminische Ära hinaus genutzt, so waren unter dem NS-Regime viele politische Gefangene dort inhaftiert worden, unter ihnen auch der spätere Wiesbadener Oberbürgermeister und Präsident des Hessischen Landtages Georg Buch.
Die Mauern, die so viel Elend und Willkür beherbergt hatten, wurden 1994 abgerissen. Längst seiner Funktion enthoben, hatte das ehemalige Kreisgerichtsgefängnis jedoch mit seinen imposanten Ausmaßen viel zu lange die Albrechtstraße belagert. Ein dunkler, kein guter Ort.

Von den bösen Mädchen

Eigentlich wäre es ein Pfälzer Sittengemälde geblieben, wenn sich nicht einiges in Frankfurt zugetragen hätte. Wo auch sonst als im „Sündenbabel“ der jungen Republik?
Der Name Rosemarie Nitribritt war noch in aller Munde. Fantasien entzündeten sich an der Dame mit dem weißen Mercedes, die durch Kinderheime und Erziehungsanstalten geschleift, ausgestattet mit dem Charme der Gosse, die Herren der neuen aufsteigenden und die der alten wiederauferstandenen Klasse,

Die Edelprostituierte Rosemarie Nitribitt hatte es im „Sündenbabel Frankfurt“ zu etwas gebracht.

angezogen hatte – wie das Licht die Motten. Hätte das Verbrechen an ihr eine Aufklärung erfahren, hätte es keinen Anlass zu Verschwörungstheorien gegeben. Es wäre als Berufsrisiko einer Halbweltdame gewertet worden, eben der dunklen Seite des Geschäfts mit der „käuflichen Liebe“.

1965 waren es zwei junge Mädchen aus schwierigen Verhältnissen, die als „rote Inge“ und „blonde Anita“ zu zweifelhafter Bekanntheit kamen. Debütantinnen im Reich der Sinne, die ihre Jugend verschleuderten, sie auf dem Jahrmarkt der Möglichkeiten anboten. Auf die schiefe Bahn waren sie geraten. In einem Frankfurter Hotel sollen Orgien gefeiert worden sein. Vor Gericht behaupteten die Beteiligten, die Mädchen hätten sich ihnen aufgedrängt. Man sei sie nicht mehr losgeworden. Eigentlich hätte man sich nur einen Boxkampf ansehen wollen.

Gern hätte man dem Herrn Doktor im dunkelblauen Zweireiher geglaubt, war er, ein verheirateter Mann, doch in seiner Heimatstadt eine angesehene Persönlichkeit. Was sollte er mit einer mit allen Wassern gewaschenen Rumtreiberin, die wegen Zechprellerei polizeilich aufgefallen war, zu tun haben? Vehement verteidigte er sich gegen die Aussagen der gesprächigen Inge. Deren Fazit hatte „Ich habe alles aus freien Stücken getan!" gelautet. Sie sei nie seine Geliebte gewesen, erklärte er. Ja, er bemühte sogar den altmodischen Begriff der Mätresse. Überhaupt drückte er sich sehr verschwommen aus. Da sei was gewesen, aber nicht das Übliche, und dann hätte sie, Inge, alles inszeniert. Am Ende konnte man glauben, es stehe ein Mann vor Gericht, der von der „roten Inge" hereingelegt worden war, die ihn zudem noch zu erpressen versucht hatte. Heute würde er als „Sugar Daddy" durchgehen und seine „Babes" sich von ihm aushalten lassen, doch damals lautete die Anklage auf Kuppelei, jenem unsäglichen Paragrafen, der längst aus der Zeit gefallen war.
Der sogenannte Sittenskandal aus dem Pfälzer Hinterland, der in Frankfurt seinen Höhepunkt gefunden hatte, stellte sich als eine derb-saftige Geschichte heraus. Es wieherte die Spießerseele. Eine Reihe gut situierter Herren hatten Post von der Staatsanwaltschaft erhalten. Sie versuchten sich herauszureden, so gut es eben ging, denn die Tatsachen sprachen gegen sie. Niemand hätte das gewollt. Plötzlich seien die Mädchen da gewesen. Das sollte sich für die Beteiligten im Nachhinein als ein teures Vergnügen herausstellen. Wegen Kuppelei und Beihilfe zur Kuppelei wurden Geldbußen in einer Gesamthöhe von fast 55 000 Mark gezahlt.
Biedere Herren hatten sich bei Badewannenspielen und Ausschweifungen in Jagdhütten dem Gipfel sündiger Lust verschrie-

ben. Die Schuld gaben sie den Mädchen, den leichten Mädchen. Sie, zwei einfache Gemüter, freimütig und mit frecher Arroganz gesegnet, waren auf das Karussell der Gegebenheiten aufgesprungen. Eine gewisse Popularität erreichten sie damit – und dann? Untergegangen im Zeitenstrom …

Eine Floßfahrt, die ist lustig …

Als „Flößer-Lilli“ hatte sie Einzug in die Familienanalen gehalten, sie, ein braves Mädchen aus Gustavsburg. Leicht rachitisch, lernte sie Nähen bei einer Modistin in Frankfurt am Main. Ihren Lebensunterhalt würde sie so einmal verdienen können, da sich ein „Versorger“ für sie wohl kaum finden würde. Wer sollte sich schon für ein „Buckelschen“ erwärmen? Der körperliche Makel hatte sie seltsam verschlossen gemacht und dem Geschrei der Gassenbuben ausgesetzt: „Ilse, Bilse, keiner will se…!“
In Trebur hatte ihre Schwester gerade ein Kind bekommen. Lilli wurde gebraucht. So war es immer. Sie würde die Wöchnerin versorgen, um nach einigen Tagen zurückzukehren und wieder an ihrer Nähmaschine zu sitzen.
Am Abend vor der Fahrt nach Trebur ging sie mit dem Dienstmädchen des Industriemeisters in der „Gustavsburg“ tanzen. Sie hatte sich gerade ein Kleid zur Taufe der Nichte genäht, das geschickt ihre zu hohe Schulter kaschierte? Ein Schritt in den Abgrund sei es gewesen, raunte die Treburer Schwester noch lange danach. Zu ordinärer Musik hätte sie getanzt.
Beim Tanz in der „Gustavsburg“ war sie dem Flößer Heinrich begegnet. Aus dem Spessart stammte er her – ein Kind armer Leute. Nichts hielt ihn in der Heimat. Den Krieg hatte er als

Gefreiter überstanden und nun, Anfang der 20er-Jahre, war er auf dem Rhein unterwegs. Der Floßmeister Bartels würde ihn morgen mit auf das große Rheinfloß nehmen, das in der Lache zwischen der Maaraue und Kostheim zusammengestellt worden war. Zwei Wochen würde die Fahrt dauern. Zurück ging es danach zu seinem Mädel aus Gustavsburg.
Als Lillis Eltern von Heinrich erfuhren, verboten sie ihr, sich mit ihm zu treffen. Überhaupt sollte sie überlegen, ob sie mit ihren schiefen Knochen einen Mann überhaupt brauche. Und wenn schon, dann nicht so einen abgerissenen Flößer, der in jeder Spelunke eine Liebste sitzen hätte. Doch das Geschrei der Eltern stieß bei Lilli auf taube Ohren. Sie folgte ihrem Heinrich – uns aus ihr wurde die „Flößer-Lilli".
In Kamp am Rhein hatte Heinrich mit der Butter-Erna gehaust, einem älteren Weib, das bei Wind und Wetter ihre Ware in den Hotels am Fluss anbot. Zimperlich konnte einer wie er nicht sein. Er warf die Erna raus und zog mit Lilli in das Haus mit dem Schwamm im Gebälk. Zur Hochzeit ließ sich aus Gustavsburg niemand sehen. Und er musste fort auf den Fluss – von März bis November ging das so.
Bis zu 500 Meter und 70 Meter breit waren die rheinabwärts treibenden Flöße. Gesteuert wurde mit langen Rudern. In den Flussschleifen mussten Anker geworfen werden. Die Felsen im „Binger Loch" und die Sandbänke galten als gefährliche Passagen, wo schon so manches Floß zerbrochen oder auf Grund gelaufen war. Gelebt wurde auf dem Floß unter schlimmen hygienischen Bedingungen. Die beengten Platzverhältnisse führten häufig zu Raufereien, zumal der Alkoholkonsum hoch war. 3,25 Mark am Tag neben Kost und Bier verdiente Heinrich auf dem Floß. Geschlafen wurde auf Stroh in provisorischen Unterständen. Jeglicher Witterung waren die Männer ausgesetzt. Vier Li-

ter „Flößerbier“ gehörten zur Tagesration. Nicht wenige Flößer drifteten in die Trunksucht ab.
Die großen Holzhändler ließen ganze Wälder im Schwarzwald und dem Spessart abholzen. Es brachte ihnen Reichtum und Ansehen ein, doch bei den Flößern kam nichts davon an. Einer wie Heinrich grübelte darüber nicht nach, er hatte sein Bier und zu Hause eine Frau, die gut nähen konnte. „Hosch Glück mit deinem Buckelsche!“, hatte der Holzhändler Bertram jovial zu ihm gesagt. Ja, er beklagte sich nicht.
Das Leben auf dem Floß war hart und gefährlich. Eindringlich hatte der Pfarrer von Kamp die jungen Mädchen gewarnt: Sie sollten sich gut überlegen, ob sie einen Flößer nehmen wollten. Dann hätten sie im Sommer keinen Mann und im Winter kein Geld. Bei Lilli wäre eine solche Warnung verhallt. Sie hatte ihren Heinrich sehr gern – und wenn er von der Floßfahrt zurückkam mit der Eisenbahn aus Rotterdam, wartete sie am Bahnhof schon auf ihn. Ein sollte ein kurzes Glück bleiben.
Im zweiten Sommer ihrer jungen Ehe geriet Heinrich beim Werfen des Ankers in die Seilwinden und wurde mit in die Tiefe gerissen. Die Nachricht erreichte auch die Verwandten in Gustavsburg. „Das hot es jetzt devun!“, raunten die Schwestern. Nach Gustavsburg aber kehrte die „Flößer Lilli“ nicht zurück.
Im Jahr darauf zog sie beim Beller-Josef ein. Er war Floßmeister gewesen, bevor er im Suff sein Floß auf die „Lützelsteine“ setzte. Die Nachricht ihrer zweiten Hochzeit ließ nur ein Kopfschütteln zu. Die „Flößer Lilli “ konnte es eben nicht lassen.
Zur Beerdigung ihrer Mutter erschien sie 1930 in Gustavsburg. Verhärmt wirkend, harrte sie still zwischen den Verwandten beim Leichenschmaus aus. Getuschelt wurde über sie. Ihr Buckel würde jetzt richtig hervorstechen. Aber so ein Flößer hätte gewiss schon Schlimmeres gekannt. Zeitig verließ sie die Gesellschaft.

Die Flößer auf dem Main führten ein hartes und entbehrungsreiches Leben.

In Kamp warteten ein kranker Mann und dessen halbwüchsige Kinder auf sie. Mit ihrer Näherei ernährte sie die ganze Familie.
Von ihrer dritten Ehe mit dem Flößer Karl, erfuhren die Gustavsburger zufällig. Eine junge Hausiererin gab sich im Wirtshaus als Lillis Stieftochter aus. Ihr Vater könne wegen seines Rheumas nicht mehr aufs Floß gehen. Besenbinden würde er. Lilli wäre eine gute Frau, ganz anders als die eigene Mutter es gewesen sei.
„Sich um fremde Leit kümmere“, maulte die Treburer Schwester, „als wenn mir se nit gebraucht hätte!“
Im Krieg wurde Gustavsburg an der Mainspitze mit der großen Industrieanlage der MAN schwer von den Bomben getroffen – und der Kontakt zur „Flößer Lilli“ riss ganz ab. In den Nassau-

ischen Heilstätten von Naurod soll sie in den 50er-Jahren an Tuberkulose gestorben sein.
Der Niedergang der Flößerei auf dem Rhein setzte schleichend ein. 1968 zog das letzte Floß den Strom hinab – eine Geschichte mit mehr Schatten als Licht, fern aller Rheinromantik.

Regina und ihr Summer of Love

Gleich nach dem Abitur war sie aus der nordhessischen Kleinstadt nach Frankfurt gekommen. Ihre Eltern hatten ihr eine Zwei-Zimmer-Wohnung in der Nähe des Holzhausenparks angemietet. In Pharmazie war sie an der Universität eingeschrieben.
Schnuppern am Leben, den Aufbruch wagen. Beim Abiball machte sie Schluss mit ihrem Freund. Er hatte einen Studienplatz für Medizin in Gießen bekommen. Nie hätte sie dorthin gewollt. Sie, ein hübsches Kleinstadtgewächs auf dem Sprung ins Abenteuer Leben.
Ihre Vorstellungen von Freiheit und dem Leben in der großen Stadt schienen sich rasch zu erfüllen. In der „Fressgass" fiel sie einem Fotografen auf und zeigte sich anschließend in Schlaghosen und barbusig auf Plakatwänden. Ihre Eltern waren entsetzt. Das gehörte sich nicht.
Wann und wie sie mit den Drogen in Kontakt kam, kann nicht ganz dem Zufall geschuldet gewesen sein. Neugierde trieb sie an. Gestern war gestern gewesen. Jetzt wollte sie alles ausprobieren und nichts auslassen. Sie kannte ein Mädchen, das Karina hieß und mit einem Maler befreundet war, der sich Diego nannte. Er feierte seine Feste in einem Abbruchhaus hinter der „Bockenheimer Warte". Ein trauriges, zum Schandfleck gewordenes Haus, in dem

der Untergang sich eingenistet hatte. Diego hielt Hof darin. Immer waren nette Mädchen um ihn, einer auf charismatisch getrimmten Persönlichkeit, versammelt. An diesem Abend hatte er eine Seiltanz-Truppe eingeladen, die waghalsige Kunststücke vorführte. Ein Schrägseil war quer durch das hohe Treppenhaus gespannt.

Regina hatte zu viel Rotwein getrunken und redete viel überflüssiges Zeug. Später rauchte sie mit Diego ihren ersten Joint. Nach einigen Minuten merkte sie, dass sie ziemlich weit weg war. Es gefiel ihr. Sie redete sich ein, es sei eine besondere Sorte von Menschen, die Drogen nehmen würden, ein geschlossener Kreis, worin sie, die Tochter aus gutem Haus, Aufnahme finden wollte. Politisch war sie wenig interessiert, es ging ihr mehr um Erfahrungen, und die glaubte sie nicht in der Anti-Atom-Kraft-Bewegung zu finden. Einmal hatte sie eine solche Versammlung besucht. Gelangweilt war sie aufgestanden und nach Hause gegangen.

Sie rauchte nach dem Fest im Abbruchhaus hier und dort mit anderen Cannabis, was damals durchaus noch üblich gewesen war. Im Hörsaal wurde sie kaum noch gesehen, auch ihre Model-Karriere verfolgte sie wenig professionell. Ab und zu fiel ihr ein Fototermin zu – ansonsten reiste sie viel. 1970 verbrachte sie zwei Monate in Marrakesch.

Es war Sommer in Frankfurt. Die große Stadt dümpelte in Dunst und schwüler Luft wie unter einer Käseglocke. Auf der „Haschwiese“ am Stadtbad Mitte tanzten und lachten schöne Mädchen mit gebräunter Haut. Nicht weit davon entfernt standen jene, für die der Tanz schon zu Ende war. Sie fröstelten im Sonnenschein. Regina gehörte zu denen im Sonnenschein in diesem „Summer of Love“. Ein Hippiemädchen mit schwarzen Locken, das mit GI’s aus den nahen Kasernen Joints rauchte. Bis dahin hatte sie harte Drogen kaum gekannt, etwas Heroin geschnupft. Das gab sie zu.

Das alte Stadtbad Mitte ist heute Teil des Hilton-Hotels, die Haschwiese längst Vergangenheit.

Und dann? Winter war es wieder geworden – und sie irgendwo in den Süden geflohen. Ihre Frankfurter Wohnung vermüllte, doch hielt sie sich selbst nur noch selten dort auf. Freaks aus der Szene lebten oft wochenlang darin.
Wohin das alles führen sollte? Zu diesem Zeitpunkt machte sie sich schon keine Gedanken mehr darüber. Flügge geworden, würde sie nie wieder in ihr bürgerliches Nest zurückkehren. Zu tief war sie in die Subkultur eingetaucht. Noch finanzierten ihre in Scheidung lebenden Eltern ihren Lebensstil – und keiner von beiden schaute genau hin. Es geschah, dass Regina für Wochen verschwand, um plötzlich irgendwo aufzutauchen. Und wer sie besser kannte, konnte nicht übersehen, wie abgerissen sie wirkte, wie fahrig ihre Bewegungen und schleppend ihre Sprache geworden war. Da hatte sie schon den Rubikon überschritten, zu lange auf der Nadelspitze getanzt. Auf der Haschwiese war sie kaum noch anzutreffen. Das Heroin hatte alles verändert.
Einmal hatte sie einem Kind vor den Augen seiner entsetzten

Mutter eine Tüte Süßigkeiten aus der Hand gerissen. Ein andermal randalierte sie auf der Zeil. Auf einer öffentlichen Toilette brach sie zusammen, lag drei Tage lang auf der Intensivstation. Anna, eine in Frankfurt lebende Schulfreundin, versuchte, Reginas Eltern zu erreichen. Doch der Vater war mit seiner neuen Frau verreist, und die Mutter lehnte es ab, allein nach Frankfurt zu kommen, um sich „dem auszusetzen“, wie sie es ausdrückte.
Dezember 1973. Regina befand sich in einem schlechten gesundheitlichen Zustand. Blass und fadendünn. Etwas mit ihrer Leber stimme nicht, sagte sie. Anna nahm sie auf, obwohl sie sich geschworen hatte, es nicht mehr zu tun, hatte Regina ihr doch beim letzten Mal den Kleiderschrank geplündert. Ziemlich wirres Zeug redete sie. Von einem roten Luftballon, der sich über den Oeder Weg gerollt habe, um dann wie eine Seifenblase zu zerplatzen. Als schwarzer Punkt sei er davongeschwebt. Sie rauchte eine Zigarette nach der anderen. Gleichzeitig nahm ihre Nervosität zu und die Geschichten wurden wirrer, brachen ab, um sich dann wieder neu zu ordnen. Plötzlich sprang sie auf: „Ich geh!“ Anna bat sie zu bleiben. Es herrschten starke Nachtfröste und eine Wohnung hatte sie nicht mehr, seitdem der Vermieter sie hinausgeklagt hatte. Sie war nicht aufzuhalten, ging in eine eisige Dunkelheit hinaus – irgendwo da draußen würde sie ihren Dealer finden.
Weihnachten kroch heran. Es strahlte der „Römer“ im Lichterglanz. Anna glaubte in der Menschenmenge Regina entdeckt zu haben – doch die Gestalt schlängelte sich durch die glühweinselige Menschenmenge davon, löste sich auf wie lichte Luft.
Anfang Januar 1974 fand man sie in einer schäbigen Absteige im Bahnhofsviertel. Tot durch eine Überdosis.
Es war ein kurzer „Summer of Love“ gewesen.
Das Stadtbad Mitte gibt es lang schon nicht mehr und die Szene ist weitergezogen – das elende Sterben hat nicht aufgehört.

Liebesschwüre

Ballungsraum Rhein-Main. Beinahe gestaltlos verliert sich, zerschnitten von Autobahnen und Bahntrassen, die Landschaft darin. Die Nähe des Flughafens sorgt für eine außerordentliche Lärmbelästigung.

Bis Mitte des 19. Jahrhunderts war Raunheim eine bäuerliche Siedlung. Erst mit dem Bau der Eisenbahn (1882/83) setzte die Umwandlung zum Arbeiterdorf ein. Die Opelwerke waren nicht weit. Im Ort selbst hatten sich ein Röhrenwerk und eine Lederfabrik niedergelassen. Längst vergangene Industriekultur – wie auch die Geschichte der Bäuerin Edelgard, die zwischen dem Rüsselsheimer Sand und dem Mönchwald viele Äcker, Wiesen und Wald besaß.

1957 galt die damals 30-jährige als spätes Mädchen. Verdrossen werkelte sie zusammen mit ihrer Mutter auf dem Hof. Ausgestattet mit einem recht stoischen Gemüt, hatte Edelgard in ihrem bisherigen Leben nur harte Feld- und Stallarbeit gekannt. Mit einem Nachbarsohn war sie verlobt gewesen, doch er war im Krieg geblieben.

Auf Anraten einer Verwandten gab Edelgard eine Heiratsanzeige auf. Ein Mann musste her – einer der anpacken konnte. Nach etlichen lauen Kandidaten, Kriegsversehrten oder Witwern mit vielen Kindern, kam er: Ernst-Friedrich aus Hanau.

Das erste Treffen fand in einem Café in Frankfurt statt. Er stellte sich ihr als Kaufmann und ehemaligen Jagdflieger vor – mit „45 Abschüssen“, wie er ausführte. Das „Eiserne Kreuz“ habe er vom „Führer“ persönlich überreicht bekommen. Edelgard schien von ihm sofort eingenommen gewesen zu sein, und für einen Moment vergaß sie ihre Lehmböden und Sandäcker in Raunheim. Sie war furchtbar aufgeregt, verbrannte sich die Zungenspitze

am viel zu heißen Kaffee. In eine große Verlegenheit taumelte sie hinein. Er saß ihr in eleganter, lässiger Haltung gegenüber. Die Zigarettenasche am Ascher abstreifend, erzählte er von seinem Leben: Ja, er könne zufrieden sein, doch nur in der Liebe habe er bisher kein Glück gehabt. Treue und Ehrlichkeit würden ihm mehr als perfektes Aussehen und Vermögen bedeuten.
Sie hörte ihm die meiste Zeit über schweigend zu, fürchtete, ihr Dialekt würde ihn abschrecken. Mitfühlend erkundigte er sich nach ihrem Verlobten. „Jo, do hon ich viel geflennt!“, erwiderte sie. Er tröstete sie in gut gewählten Worten. Zutraulicher geworden, sprach sie über das Verhältnis zu ihrer Mutter. „Es is ne bös Fraa!“, fügte sie an. Ihm gefiel die Auskunft. Da lauerte kein Familienverband im Hintergrund.
Vertrautheit bei schicklicher Zurückhaltung stellte sich ein. Er log ihr die Sterne vom Himmel herunter. Harte Jugend, erfolgreiche Examina, Kriegsheld und eine verstorbene Jugendliebe. Am Ende der Kaffeesause rückte er mit einer anderen Geschichte heraus. Er befände sich momentan in einer finanziellen Verlegenheit. Ein Geschäftspartner habe ihn geprellt. Ob sie ihm vielleicht kurzfristig mit zweihundert Mark aushelfen würde? Am nächsten Tag ging sie zur Post in Raunheim und überwies ihm das Geld.
Er steckte tatsächlich in der Klemme. Wieder einmal. Mit Geld umzugehen verstand er nicht.
Einiges hatte er schon versucht. Zuletzt war es ein Omnibusunternehmen gewesen. Die zweiwöchigen Reisen an den Gardasee waren immer ausverkauft, doch hatte die Kalkulation nicht gestimmt. Bei einer dieser Fahrten war ihm Gisela begegnet. Im selbstgestrickten Badeanzug schwamm sie im See – eine Nachkriegsbeauty, lebenssüchtig und lebenstüchtig. Sie hatte ihn auf die Idee gebracht. Überall säßen diese einsamen Herzen rum,

die auf jeden Quatsch reinfallen würden. Und er sei doch ein erfahrener Schürzenjäger.
Als ihm Edelgard dann in Pumps und Plisseerock gegenübergestanden hatte, hätte er beinahe umgedreht. Gisela hatte zuvor noch gescherzt, er solle sich ja nicht in Versuchung führen lassen. Das dürfte ausgeschlossen sein. Edelgard war keine Sünde wert. In Gedanken nannte er sie „fette Wanze". Breit und platt wirkte alles an ihr. Zu seiner Beruhigung schien sie mit großer Einfalt gesegnet zu sein. Unerfahren und bedürftig nach Liebe. In aller Ruhe würde er andocken bei ihr. Über ihre Vermögensverhältnisse wusste er längst Bescheid. Wenig Bares, doch einiges an Grundbesitz war vorhanden.
Sie trafen sich meist in einem Café im Kurpark von Wiesbaden. Er, eine elegante Erscheinung, sie, eine etwas schwerfällig wirkende Frau, die weder mit dem Lippenstift noch mit Messer und Gabel umzugehen verstand. Fest umklammerte sie das Besteck und ihre Lippen wirkten wie eine rot geschminkte Wunde.
Er schien aus seiner „Verlegenheit" nicht herauszukommen. In seinen Briefen deutete er solches im Potpourri mit Liebesschwüren immer schon an. Beim sonntäglichen Treffen steckte sie ihm dann einen Briefumschlag zu. Er hatte immer irgendwelche Löcher zu stopfen – und ausnahmslos trugen andere die Schuld daran.
Edelgards Bargeld war längst aufgebraucht. Einen großen Acker hatte sie verkauft. Unter Wert – es hatte schnell gehen müssen. Zum Glück merkte ihre Mutter nichts davon – die lebte mehr und mehr in ihrer eigenen Welt.
Es gab schon die Momente, die sie ins Grübeln brachten. Weshalb durfte sie ihn nie im Büro anrufen? Er sagte, es würde nur Tratsch und Klatsch unter den Mitarbeitern geben. Sie soll doch sein „süßes, großes Geheimnis" bleiben. Vorerst.

Edelgard glaubte seinen Worten ... und verkaufte wieder einen Acker und ein Stück Wald. Er brauche das Geld. Jetzt. Es gehe schließlich um ihre gemeinsame Zukunft. Wenn sie seine Frau sei, wäre es vorbei mit dem Mist schaufeln. Sie würden den Hof in Raunheim verpachten und nach Frankfurt ziehen. Was mit ihrer Mutter sei, fragte sie vorsichtig. „Ach, da findet sich schon eine Lösung!"

Sie vertraute ihm – wieder einmal. Mehr als 40000 Mark hatte er ihr bereits aus der Tasche gezogen. Gerade zog er mit Gisela ein neues Gewerbe auf. „Leichenüberführungen werden von mir prompt und billig ausgeführt bei unentgeltlicher Mitnahme bis zu 3 Personen..." annoncierte er in Zeitungen. Dieses Unternehmen schien zu florieren – dank des regelmäßigen Geldzuflusses. Gerade hatte Edelgard für einen Kredit von 20000 Mark gebürgt.

Es war in Raunheim nicht unbemerkt geblieben, dass sie Land veräußert hatte. Gemunkelt wurde viel. Man hatte sie mit einem Mann gesehen. Cousine Anita wollte wissen, was an der Sache dran sei! In ihrer störrischen Art erklärte ihr Edelgard, das gehe niemanden etwas an. Doch irgendwann zu Beginn des Sommers 1958 mehrten sich auch bei ihr die Zweifel. Sie wollte ihn unbedingt einmal in Hanau besuchen. Er versuchte es ihr auszureden. Da fragte sie ihn geradeheraus: „Hosch de ebbes zu verberge?" Es gelang ihm, sie zu beruhigen.

Am Nachmittag des gleichen Tages verlobte er sich mit ihr unter einem Magnolienbaum im Wiesbadener Kurpark. Den Ring hatte er für den Fall der Fälle mitgebracht. Er hatte ihn schon mehrmals ausprobiert. Mit der Gastwirtin Anneliese verlobte er sich, nachdem sie ihn, ihren Kellner, beim Griff in die Kasse erwischt hatte. Bei Sonja waren es Mietschulden gewesen – und dann Gisela. Sie hatte ihm den Ring großzügig überlassen. Tags dar-

auf setzte Edelgard ihn auf seinen Wunsch hin als Begünstigten in ihr Testament ein.
Die Wochen danach gestalteten sich weniger erfreulich für sie. Der Gerichtsvollzieher erschien, weil ihr „Verlobter“ seinen Kredit nicht bedient hatte. Sie stand als Bürgin in der Pflicht. Zuvor hatte sie entsetzt feststellen müssen, dass sämtliche Postabschnitte, die ihre Geldüberweisungen dokumentierten aus der Dielenschublade verschwunden waren. Die 5000 Mark aus dem Verkauf des Waldes bei Dreieich hatte er persönlich bei ihr abgeholt. Er müsse geschäftlich verreisen, erklärte er ihr. Sie glaubte ihm, obwohl sie nicht wusste, wie sie die Reparatur für den Traktor bezahlen sollte.
An dem Morgen als ihre Mutter in der Hofeinfahrt gestürzt war und ins Krankenhaus gebracht wurde, kam der Gerichtsvollzieher wieder vorbei. In dieser Situation vertraute sie sich ihrer Cousine an. Anita war entsetzt. Ohne Umschweife rief sie die Telefonauskunft an. „Leichenüberführungen, hosch de das gewusst, Edelgard?“ Sie schüttelte den Kopf. Viel hatte er ihr von seinen Geschäften erzählt – doch das war nicht darunter gewesen.
Eine Frauenstimme meldete sich. „Was kann ich für Sie tun?“
„Den Chef möchte ich sprechen!“, erwiderte Anita mit fester Stimme.
Glockenhell klang das Lachen der Dame am Telefon: „Er ist auf Hochzeitsreise in Florenz!“
Am gleichen Tag zeigte ihn Edelgard an.
Er saß auf der Anklagebank und würdigte sie keines Blickes. Vor dem Richter behauptete er, sie habe ihm das Geld freiwillig gegeben. Nein, die Ehe hätte er ihr nicht versprochen, sich aber zunehmend von ihr belästigt gefühlt. Da fing Edelgard im Gerichtssaal leise zu weinen an.

Als sie später im Flur vor dem Gerichtssaal einer rauschgoldengelhaftschönen Person begegnete, wusste sie sofort, dass es seine Frau war. „Luder!“, zischte sie. „Dumme Nuss!“, kam es zurück. Die Blondine schaute ihr frech ins Gesicht – im Gerichtsaal wurde er gerade in Handschellen abgeführt. Der Richter hatte ihm kein Wort geglaubt. Das Urteil lautete auf ein Jahr und neun Monate.
Edelgard stand vor dem totalen Ruin. Sie verließ den Ort. Zwischenzeitlich war ihre Mutter gestorben. Als Küchenhilfe, Fließbandarbeiterin und Putzfrau schlug sie sich durch. Jahrelang zahlte sie noch an seinem Kredit ab.
Über ihre verlorenen Felder, Wiesen und Wälder zieht heute der Lärm der Flugzeuge. Etwas Verstörendes haftet dem Rest der Raunheimer Landschaft an.

Im Feuerchen

„Die Otti is en prima Mensch gewese. Schad drum!“, Paul schiebt sein Glas über die Theke.
Bedächtig zapft der dicke Wirt Bert das Bier. Ein richtig gelernter Koch ist er. Seine Bequemlichkeit hielt ihn hier im „Gutleut“ fest, wo sich seine Kochkunst auf die Zubereitung von Schnitzeln und Frikadellen beschränkt.
Das Viertel, eingezwängt zwischen den Gleisen des Hauptbahnhofs, Westhafen und Heizkraftwerk: von Ruß geschwärzte Backsteinhäuser zwischen gestaltloser Nachkriegsarchitektur. Bis zur Eisenbahnunterführung mit ihrer vergifteten Luft ist es nicht weit. Ein kleiner Styx ist dieser Untergrund. Ewiges Dunkel lauert darin und die Schritte werden schneller.

Der Sommer brütet über der Stadt. Durch die offene Kneipentür dringt die abgestandene Luft mit dem Lärm der Straße herein.
„Gibt es iwwerhaupt Angehörige?“, ruft Heide aus der Küche raus. Ein ratloses Schweigen tritt ein.
„Wo kam en die iwwerhaupt her?“, fragt Heide weiter. Keiner kann ihr eine Antwort geben. Eines Tages hatte sie an der Theke gesessen und war Abend für Abend wiedergekommen. Anfangs soll sie noch Arbeit gehabt haben, doch Genaues weiß keiner hier.
Heide ist Berts Frau. Ein „leichtes Mädchen“ sei sie gewesen. Kein Wort darüber mehr. Schwung brachte sie in den Laden. Bert frisst ihr aus der Hand. Ihre Altersversorgung sei er, wagte „Dubbeglas-Heinz“ einmal anzumerken, was ihm „Hausverbot“ einbrachte. Dafür sorgte Heide höchstpersönlich.
„Die Otti werd uns fehle!“, krächzt Süffel-Cindy aus der Ecke neben den Spielautomaten raus. Eigentlich gehören solche Gestalten nicht in ein Lokal mit einem gelernten Koch. Da muss sich einiges ändern, denkt Heide wieder. Cindy pfeift auf dem letzten Loch, geht mit jedem Kerl, der ihr einen Schnaps bezahlt. So etwas lehnt Heide entschieden ab – Schnapshuren, die keiner ernst nimmt, die an die Liebe glauben, weil der Kerl sich spendabel zeigt. Und die Otti! Eine abgeranzte Saufgretel war das. Heide hingegen achtet sehr auf ihr Äußeres. Ihre weiche Fülle ist sehenswert.
„Mir sollte es in die Zeitung setze losse!“, meldet sich Paul wieder.
„Ei, dann sammele mir?“ Bert schiebt eine hohe, leere Weinflasche rüber, die für diesen Zweck immer herhalten muss. Paul zieht den Geldbeutel aus der ausgebeulten Hosentasche seiner Jeans und steckt mit großer Gebärde einen Zwanzig-Mark-Schein in den Flaschenhals. Cindy prostet ihm zu.
„Was soll in der Anzeige stehe?“, fragt Egon.
„Mir hawwe unser Liebstes verlore!“, spricht Paul.

„Nee, dass is dumm Zeug!“, erwidert Heide. Bert murmelt etwas von „Sinn un Verstand hawwe“.
„Sie is uns devun geschwomme!“, kichert Cindy, was ihr ein vielstimmiges „Halt dei Maul!“ einbringt.
Heide verspricht alles zu erledigen. „Do muss awwer noch ebbes rin!“ meint sie mit Blick auf den Flascheninhalt, „sunst versteckele se unser Anzeig wieder zwische de Danksagungen!“
Bert legt einen Schein dazu, was bei Heide leichten Unwillen erzeugt. Verschwendung. Sollen doch die anderen löhnen.
Gestern Abend hatte Otti noch am Tresen gehockt. Eine kleine, magere Frau. Bierdeckel baute sie vor sich auf. Sie fielen in sich zusammen. Es zitterte ihr die Hand zu sehr. Fertig wirkte sie. Ihre Leberwerte waren schlecht. Schlaflosigkeit peinigte sie. Später war Horst in der Kneipe erschienen. Er kippte zwei Biere und schleppte die Cindy und die Otti ab. Mit seinem grünen Uralt-Mercedes, den er von seiner Mutter geerbt hatte, ging es raus aus der Stadt. Draußen am Baggerloch bei Raunheim tranken sie weiter, grölten, beschimpften und versöhnten sich. Irgendwann riss sich die Otti die Kleider vom Leib und sprang in den See. „Fangt mich“, rief sie und verschwand in der Bucht hinter dem Saugbagger.
Cindy und Horst zechten weiter, bis ihnen undeutlich klar wurde, dass die Runde nicht mehr vollzählig war. Sie riefen ihren Namen, rannten am Ufer auf und ab. Schwül war die Nacht am Baggerloch, wo regungslos die dunkle Wasserfläche im fahlen Mondlicht schimmerte.
Der Morgen schickte sein kräftiges Rot über den See. Otti wurde gefunden – in fünf Metern Tiefe.
„Wann is en die Beerdigung“, fragt Emil, der lange geschwiegen hat.
„Ersch muss se freigegebe werre. Is doch kee natürlich Todesursach gewese!“, belehrt ihn Heide.

Die Otti! Wie es wohl soweit mit ihr hatte kommen können? Es schien Heide, als sei sie nicht vorbereitet gewesen, auf das, was das Leben aus ihr gemacht hatte. Sie verramschte sich. Egal. Sich darüber Gedanken zu machen, ist unnützer Zeitvertreib. Sie haben doch alle ihre Geschichten. Manche stürzen ab, andere hatten nie eine Chance gehabt.
Ein Sozialbegräbnis wird es geben – und das Appartement in der Heidelberger Straße von der Stadt geräumt werden.
Die Kneipe füllt sich. Heide steht am Herd und der Schweiß ihr auf der Stirn. „Verdammt Hitz!“, flucht sie und wendet das Schnitzel. Draußen kriecht die Nacht in die engen Gassen, wo die Luft steht und der Verkehrslärm von der Baseler Straße herüberrauscht.

Rosen in der Nacht

Achtlos kehrt Dina mit dem Besen über die Jugendstil-Kacheln. Vor dem Kellereingang liegt eine Zigarettenkippe. Sie fegt sie hinaus in den engen, stumpfwinklig zulaufenden verwilderten Garten inmitten der Nordender Häuserschluchten. Ein karger, grüner Fleck, umlauert von gesiebtem Licht.
Dina beachtet all das nicht. Ah, da sind Küchenabfälle aus dem Fenster gekippt worden. Gewiss die Reste vom Hammelbraten der Türken aus der Mansardenwohnung. Sie öffnet die Tüte. Verwesungsgeruch schlägt ihr entgegen. Schweineniere. Das können die Türken nicht gewesen sein. Sie wird sich beschweren gehen, an jeder Tür im Haus anklopfen. Vorbei sind die Zeiten als alles durch die Fenster in den Schacht gekippt worden ist, und Peter, der Gehilfe vom Hausbesitzer Faller, den Dreck hatte einsammeln müssen. Faller beschwerte sich nur dann,

wenn sich wieder Ratten auf Hinterhoffensterbänken sonnten. Dina bringt den Besen in den Verschlag neben der Treppe zurück. Das Säubern der Toiletten beginnt. Es stören sie weder Dreck noch Gestank. Sie ist abgehärtet, hat schon ganz anderes gesehen. In der Kneipe im Erdgeschoss putzt sie nicht mehr. Die Wirtin hat sie des Diebstahls bezichtigt. In die Kasse gegriffen hätte sie. Frechheit! Sie hat ja schon einiges angestellt in ihrem langen Leben – aber Klauen! Nein. Das ist vielleicht was für Suddel-Elli. Doch sicher ist sie sich nicht.

Es hat bei ihr Veränderungen gegeben. Heftig treibt es sie nach „Sankt Josef" hin, der Pfarrkirche im Viertel und zum Friedhof, der ganz in der Nähe seine Baumkronen erhebt. Den Gebeinen ihrer Liebhaber kann sie dort gedenken. Egal! Sie ist wohl stark katholisch gewesen in dem Kuhdorf oben in der Rhön. Doch dazwischen liegen dreißig Jahre Kaiserstraße/Ecke Moselstraße. Noch in den siebziger Jahren hatte sie dort ihren Platz.

Ausgetreten sind die Stufen, nur leidlich breit das Treppenhaus. Vornehm ist es hier nie zugegangen. Ein Mietshaus eben an der Landstraße gelegen. Nach Friedberg führte sie hinaus. Heute stürmt von dort alles herein … und wieder hinaus.

Dina kann sich noch an die Gärten und die angrenzenden Felder und Wiesen erinnern. Der Haubesitzer war auch vom Land gekommen. Ein Maurerpolier mit einem schlauen Hutzelweibchen als Frau. „Trocken gewohnt" hatte Dinas Mutter. Ihr Liebhaber hielt sie aus. Ein eitler Stenz. Sie war eine Frau mit Vergangenheit, wo sie auftauchte, brachte sie Unruhe hinein – auch hier im Haus. Ihr Liebhaber zog das Messer. Herr Hoffmann verschied im Treppenhaus. Lange war der Fleck, den das Blut ins Holz der Treppe gefressen hatte, sichtbar geblieben. Andächtig war Dina darüber hinweggestiegen. Es klopfte ihr immer ein wenig das Herz. Die Stimme des Blutes? Mutters Liebhaber kam ins

Zuchthaus von Preungesheim – und von dort nicht mehr zurück. Kalt zieht der Wind durch den Hausflur. Er kann ihrer Robustheit nichts anhaben. Acht Kinder hat sie geboren, die zerstreut in der Welt leben. Aber das ist eine andere Geschichte. Manchmal in ganz trüben Stunden fallen ihr die Namen der Kinder wieder ein. Ändern kann sie nichts daran.
Sie leben heute unbemannt, die Suddel-Elli und sie. Trotzdem hat Suddel-Elli Hausverbot in der Altenstube erhalten. Sie würde den Rentnern nachstellen. Es verhalte sich umgekehrt, sagt sie. Was die nur immer von ihr wollten? Sie hätte ihren Frieden gefunden. Dina glaubte Weihrauch zu riechen. Sie stemmt sich die schmale Treppe hoch. Zweiter Stock. Ein Erkerzimmer, überladen und verstellt. Düster wirkt der Raum, obwohl die Sonne kräftig scheint. Sie dringt nicht ein in die staubschwere Luft des Stillstands. Die winzige Küche mit dem Propangasherd, den grünen Kacheln und dem kalten Steinfußboden teilt sie mit einer Frau aus Bosnien, die sich meist bei ihren Verwandten aufhält.
Dina setzt sich auf den Küchenstuhl und massiert die geschwollenen Beine. Krampfadern ärgern sie. Ein Klopfen an der Tür lässt sie aufschrecken. Suddel-Elli kommt herein, zu rot der Lippenstift. Es vergehen die Stunden bei Portwein und Kaffee und das Leben, so rau und wild es auch gewesen, so trallalalei – und bald ist es vorbei. Dina legt eine Schallplatte auf und sie walzen durch die enge Stube. Etwas taumelig ist es Elli hinterher.
„Ich mach mich ab, Dina!“
Elli schlurft in ihr Zimmer hoch, verkriecht sich in ein weiches Bett – und der Himmel über Frankfurt ist mit Wolken bedeckt. Weit vor der Warte beginnen die Felder. Da in der Ferne ist das Kindheitsdorf. Einmal noch möchte sie es wiedersehen.
Dina bricht auf zu ihrem nächtlichen Gang durch das „Ebbelwoi-Viertel“ von Alt-Sachsenhausen. Rote Rosen dreht sie den

Gästen in den Kneipen an. Berüchtigt sind ihre kess-frivolen Sprüche. Sie zieht über das Kopfsteinpflaster der schmalen Gassen, vorbei an Fachwerkhäusern und Brunnen. Paradies- und Klappergasse sind ihr Revier. Ein quirliges Treiben herrscht meist rund um den „Frau-Rauscher-Brunnen“. Als sie in einer Sommernacht sehr betrunken gewesen, beschimpfte sie die Brunnenfigur, weil sie glaubte einer Nebenbuhlerin begegnet zu sein.
Ihre Beine schmerzen und es hat zu regnen angefangen. Die Rosen ist sie längst losgeworden, doch nach Hause zieht es sie noch nicht. Beim „Apfelwein-Wagner“ kehrt sie ein. „Bin heit nit gut uff de Been!“, klagt sie der Bedienung vor.
„Wie lang willsch de das noch mache, Dina?“
„Was soll ich de heem?“, erwidert sie ihr Glas Apfelwein hebend.
Gegen Mitternacht läuft sie in leichter Trunkenheit über den Eisernen Steg von „Dribbedebach“ rüber in die Stadt. Der Main glänzt dunkel im durch die Wolken springenden Mondschein. Die große Stadt erscheint seltsam fern mit ihren starren Lichtern.
Am „Römer“ steigt Dina in die Straßenbahn ein. Um sie herum ausgebleichte Gesichter, müde Gestalten, Geflitter und Geflatter – und sie, eine alte, betrunkene Frau, ein Nachtgewächs der großen Stadt.

Der Degenkünstler

Er hatte sie wohl über eine Kontaktanzeige kennengelernt – Wally Siewec aus Dresden, eine aparte Schönheit. Sinnlicher Mund, dunkles Haar. Mehr als zwanzig Jahre jünger als er. In London fand die Hochzeit statt. Sie war seine dritte Frau.
In seiner Heimatstadt Frankfurt galt Karl Hopf, gelernter Dro-

gist, erfolgreicher Hundezüchter und brillanter Varietékünstler, als eine schillernde Persönlichkeit. Er, der Kaufmannssohn, hielt wenig von bürgerlichen Konventionen. Seine Reisen hatten ihn bis nach Indien geführt. An Malaria erkrankt, kehrte er von dort zurück. In Casablanca erlernte er die Fecht- und Degenkunst, worin er es zu wahrer Meisterschaft bringen sollte.

Den Tingeltangel hatte er früh für sich entdeckt. In seiner Schaubude sorgten „Göttinnen der Morgenröte“ in leichter Bekleidung für ein erotisches Fluidum. Mittlerweile trat er im seriösen Schumann-Theater, jenem prachtvollen Jugendstilbau gegenüber des Frankfurter Hauptbahnhofs als Degenkünstler unter dem Künstlernamen „Athos“ oder „Captain Charles Vernon“ auf. Mit geschliffener Klinge und großer Geschicklichkeit konnte er mit einem Hieb und einer Hand Gegenstände zerschneiden. Atemberaubende Kunststücke zeigte er. Das Publikum hielt den Atem an, wenn er seiner Assistentin einen Apfel auf den Kehlkopf legte – und dann seinen Hieb ausführte.

Wally kannte die Gerüchte wohl nicht, die über die Häufung der Todesfälle im Umfeld des fantastischen Degenkünstlers aus Niederhöchststadt (heute Eschborn) im Umlauf waren. So war seine erste Frau Josefa, die er 1902 geheiratet hatte, im November des gleichen Jahres verstorben. 20 000 Goldmark zahlte ihm die Lebensversicherung aus. Seine zweite Ehe mit einer Christina Schneider scheiterte. Kurz nach der Scheidung verstarb die junge Frau, ohne dass sie ernsthafte Vorerkrankungen vorzuweisen gehabt hatte. 1906 war bereits die gemeinsame Tochter Elise gestorben. Im Falle des Todes der zweiten Ehefrau wurde ihm die Versicherungssumme nicht ausgezahlt.

Das Gerede hatte die örtliche Presse erreicht. Daraufhin strengte Karl Hopf seinerseits eine Klage an. Der Chefredakteur des „Wiesbadner Tageblatt“ musste ihm 200 Mark wegen übler

Nachrede zahlen. Mit seiner Hundezucht war er durchaus erfolgreich. Hohe Preise erzielte er für seine Bernhardinerhunde. Er, der gelernte Drogist, kannte sich mit Giften und Drogen aus. So entwickelte er ein probates Mittel gegen die Hundestaupe und schrieb ein Buch „Der Sankt Bernhardinerhund“. Doch all das genügte ihm, dem windigen, sportlich hochbegabten Tausendsassa, nicht. In seiner Kasse herrschte immer Ebbe. Einen Offenbarungseid hatte er längst geleistet. Er lebte über seine Verhältnisse und seine „dunkle Seite“ aus. Mit Prostituierten pflegte er regen, kostspieligen Umgang. Sie standen ihm für seine sado-masochistischen Praktiken zur Verfügung.
Wally bezog mit ihm eine luxuriöse Wohnung in der Nähe des Hauptbahnhofs (Bülowstraße 13, heute Heidelbergerstraße) und führte das Leben einer gutbürgerlichen Hausfrau und Künstlergattin. Bei der Hochzeit in London hatte es zwischen den Eheleuten eine Irritation gegeben. Er hatte eine Lebensversicherung auf Gegenseitigkeit abgeschlossen, worin ausdrücklich vermerkt war, dass sie, Wally, sich im Falle ihres Todes kremieren lassen müsse. Als Katholikin lehnte sie eine Feuerbestattung aber entschieden ab. Es musste ihm gelungen sein, Wally umzustimmen. Jedenfalls lautete die Versicherungssumme auf 80 000 Mark. Eine Prämie von 5000 Mark musste Hopf jährlich aufbringen, was bei seinen desolaten finanziellen Verhältnissen nicht lange gutgehen konnte ... Doch hatte er eine gar zu lange Versicherungslaufzeit wohl auch nicht vorgesehen.
Harmonisch verlief die Ehe nicht. Ständige Streitigkeiten bestimmten den Alltag, was die Aufwartefrau Fichtner bezeugen konnte. Längst war der Herr Künstler zu seinen alten Gewohnheiten zurückgekehrt. Die süßen Mädels aus dem Varieté und die Prostituiertenbesuche ließen seine finanziellen Mittel, die

aus 25000 Mark aus der Erbschaft seines Vaters bestanden hatten, dahinschmelzen und die monatliche Prämie der Lebensversicherung musste aufgebracht werden. Die Zeit drängte und Wally strotzte vor Gesundheit und Vitalität – noch.

Im Juni 1912 erkrankte Wally plötzlich, doch sie erholte sich rasch wieder. Im Februar 1913 traten ähnliche Beschwerden auf. Schweres Erbrechen und blutige Durchfälle zehrten sie aus. Ihr Mann pflegte sie hingebungsvoll – doch irgendetwas musste sie dennoch beunruhigt haben. Es gab da dieses Labor, in das er sich oft zurückzog und das sie nicht betreten durfte. Er experimentiere mit gefährlichen Substanzen zur veterinär-medizinischen Forschung, hatte er ihr erklärt.

Wally Hopf suchte die Wahrsagerin Freya in der „Neuen Kräme" auf. Ihr übergab sie ein Paket, in dem sich angeblich vergifteter Tee befinden sollte. Tage später forderte Hopf dieses Paket von „Frau Freya" zurück. Er behauptete, das Paket beinhalte Dokumente, die seine Frau entwendet habe. An der Wahrsagerin prallte der subversive Charme des Degenkünstlers jedoch ab. Sie gab das Paket an Wally Hopf zurück mit dem Rat, den Inhalt von einem Apotheker untersuchen zu lassen.

Mitte März erkrankte Wally wieder schwer. Karl Hopf kümmerte sich rührend um sie, doch der Hausarzt vermutete, dass es sich um eine Vergiftung handeln könne – ein guter Diagnostiker oder hatte Wally ihm einen Hinweis gegeben? Umgehend wurde Wally am 16. März, gegen den Willen ihres Ehemannes, in das Diakonissenkrankenhaus an der Eschersheimer Landstraße eingeliefert. Dort bestätigte der Chefarzt die Diagnose und verständigte die Polizei. Hopf wurde auf offener Straße festgenommen. Er zeigte sich bestürzt und erklärte in einer ersten Vernehmung, der Hausarzt habe seiner Frau eine Opiumtinktur verschrieben. Bei der Verabreichung habe er, Hopf, diese mit Digitalis (Finger-

hutgift) verwechselt, was er im Nachhinein festgestellt habe, doch habe er seine Frau nicht beunruhigen wollen.
Es folgte eine Wohnungsdurchsuchung, wobei ein wahres Giftarsenal entdeckt wurde. Neben Arsen und Digitalis, fanden sich lebende Kulturen von Typhus- und Cholera-Bakterien, die aus einem Wiener Labor stammten. Karl Hopf hatte sich dort zuvor über die Qualität der „Ware“ schriftlich beschwert. Nebenbei wurde auch Karl Hopfs „geheimes Kabinett“ entdeckt. Pikante Fotografien zeigten ihn und seine „Damen“ in eindeutiger Position – mit dem Selbstauslöser geknipst. Bei der Kriminalpolizei erinnerte man sich daraufhin wieder der sonderbaren Todesfälle in seinem familiären Umfeld und ließ die Leichen exhumieren.
Karl Hopf baute vor. Wenn man bei seiner ersten Frau Arsenik finde, würde ihn das nicht überraschen. Josefa hätte, obwohl er sie gewarnt habe, nicht von ihren arsenhaltigen Schönheitspillen lassen wollen. Er sei überzeugt gewesen, dass das Pillenzeug ihren frühen Tod verursachte. Zum Ableben seiner geschiedenen Frau Christine könne er keine Angaben machen. Er habe zum Zeitpunkt ihres Todes in keinem Kontakt mehr zu ihr gestanden. Die gemeinsame Tochter Elise habe im Haushalt seiner Mutter gelebt und sie alle seien sehr betroffen über den plötzlichen Tod des kleinen Mädchens gewesen.
Während sich Wally langsam erholte, wurde es für Hopf immer brenzliger. Im Mai 1913 wurde auf dem Frankfurter Hauptfriedhof die Leiche seiner ersten Frau Josefa und die des Kindes Elise exhumiert. Bei beiden Leichen konnten große Mengen an Arsen festgestellt werden. Nun schöpfte der Untersuchungsrichter Verdacht, dass auch Hopfs' Vater keines natürlichen Todes gestorben sei.
Karl Hopf war wegen finanzieller Engpässe häufig bei seinen Eltern vorstellig geworden, wobei der Vater sich zusehends geweigert haben soll, den Lebensstil seines Sohnes zu unterstützen.

Der alte Hopf, ein rüstiger Mann von 72 Jahren, war plötzlich und ohne Vorerkrankung an Brechdurchfall verstorben. Seine Mutter unterstützte ihn weiterhin. Als sie 1911 verstarb, wurde sie auf Karl Hopfs Anordnung hin kremiert.
Zu diesem Zeitpunkt trat die Gerichtsmedizin auf den Plan. Die Aschenreste der Mutter kamen nach der Ausgrabung der Urne in das Labor von Doktor Pool. Die dortigen Untersuchungen ergaben, dass auch in den Knochen der Mutter Arsenik enthalten war. Karl Hopf behauptete, er habe das Arsen der Urne beigegeben, womit er eine Konservierung herbeiführen hatte wollen. Immer weniger gelang es ihm zu überzeugen. Im Gegenteil, ihm, dem entlaufenen Bürgersohn und selbstsüchtigen Egomanen aus dem halbseidenen Milieu der Schaubuden und Varietés, traute man mittlerweile alles zu.
Während die Chemiker noch mit ihren Arsenik-Untersuchungen beschäftigt waren, änderte Hopf seine Taktik. Er gestand, Wally vergiftet zu haben, und zwar in Form von Cholera- und Typhus-Erregern im Hackfleisch. Die Cholera-Bakterien hätten keine Wirkung gezeigt und die Typhus-Erreger seien nicht mehr frisch genug gewesen, um eine lebensgefährliche Erkrankung hervorrufen zu können. Er habe ihr wegen ihren ständigen Eifersuchtstiraden eine Lektion erteilen wollen. Zuvor hätte er sie schon einmal fortgejagt, doch sei sie wiedergekommen. Er sei eben kein Mann, den man ans Haus binden könne. Ein wenig kokettierte er mit seiner Künstlerexistenz und dem Erfolg als Sportler bei den Frauen. Ja, er hatte als Fechtlehrer hin und wieder einer exzentrischen Frankfurter Gesellschaftsdame Privatunterricht gegeben. Sie sollte später keinen Prozesstag im Gericht versäumen, tauchte einmal mit schwarzem Witwenschleier auf.
Dennoch gelang es ihm nicht mehr, seinen Kopf aus der Schlinge zu ziehen. Zu viele Indizien sprachen gegen ihn. Es war den

Im Schumann-Theater gegenüber des Hauptbahnhofs trat er auf, der Degenkünstler Karl Hopf.

Kriminalchemikern erstmals gelungen, auf wissenschaftlichem Wege den Giftnachweis in Knochen und Leichenteilen zu führen. Vor dem Schwurgericht in Frankfurt wurde Karl Hopf des Mordes an seiner ersten Frau, seinem Vater, der Tochter Elise und des nichtehelichen, einjährigen Sohnes Karl, überführt. Des Weiteren wurde er der Mordversuche an seiner Mutter, der zweiten Frau Christine und seiner dritten Frau Wally für schuldig befunden. Am 23. März 1914 endete Hopfs Leben unter dem Fallbeil im Hof des Königlichen Strafgefängnisses von Preungesheim. Er war knapp 50 Jahre alt geworden. Sein Leichnam wurde der Anatomie der Universität Marburg übergeben.
Und Wally? Sie überlebte mit viel Glück. 80 000 Mark hätte ihm ihr Tod eingebracht. Vielleicht hätte er das Vermögen noch vor der Inflation verjubeln können – oder er wäre den „Heldentod“ gestorben. Diese Möglichkeit hätte sich im Ersten Weltkrieg bald ergeben.

Der „hessische Brocken“

Als Waltraud sagte, sie sei eine spirituelle Persönlichkeit, erstaunte es mich nicht weiter. Für derartige Neuigkeiten ist meine Cousine bekannt. Genau genommen sei sie eine Hexe, offenbarte sie mir noch. „Und um das festzustellen, hast du sechzig Jahre gebraucht?“
Ein mildes Lächeln streifte mich. Nein, verschiedene transzendente Erlebnisse habe sie gehabt! Mit ihrer kleinen Patschhand griff sie nach der Kaffeetasse. „Es ist ein verdammt gutes Gefühl, Inge!“
Ich dachte mir meinen Teil. Ob Glücksformeln oder Hexenexistenz, eine außergewöhnliche Persönlichkeit will sie, die biedere Waltraud, die nie ein Konzert der „Kastelruther Spatzen“ versäumt hatte, im fortgeschrittenen Alter sein.
Anfang November bin ich mit ihr in Darmstadt verabredet. Sie müsse mir unbedingt etwas zeigen. Im Wald.
Sie erscheint im robusten Wanderlook. Ein wenig lässt sie mich an einen Gartenzwerg denken – und das nicht nur wegen der Zipfelmütze.
Wir fahren in Richtung Nieder-Beerbach. Ganz in der Nähe ist Burg Frankenstein. Das wird doch nicht die Überraschung sein? Sie hält auf dem Parkplatz unterhalb der Burg an. Zum „Ilbes-Berg“ würden wir gehen, erklärt sie mir. Wo das sei? frage ich verunsichert, denn ein Wandermädel bin ich nie gewesen. Es sei nicht weit, beruhigt sie mich.
Im trüben Novemberlicht führt der Weg in einen schütteren, auf harten Stein stockenden Wald. Abseits des Pfades lagern Felsbrocken im welken Laub. Am jenseitigen Hang erhebt sich zwischen hellen Birkenstämmen ein hoher Fels. Neben mir atmet Waltraud schwer. „Ein Magnetberg“, flüstert sie,
„meine energetische Tankstelle.“

Die magnetischen Steine auf dem Ilbes-Berg bleiben nicht ohne Wirkung …

„Und wie tankst du auf?“

„Mit rituellen Kreistänzen!“

„Aber ohne mich, Waltraud!“

Ein luzides Lächeln antwortet mir. „Wir sind auf dem hessischen Brocken!“

„Was?“

„Ein Hexentanzplatz!“

„Praktisch für dich, so einen in der Nähe zu haben!“

Waltraud behält ihr Lächeln bei.

„Magnetische Kräfte sind dort am Werk. Hexen haben es vollbracht!“

„Was soll an dem Felsen magisch sein?“

„Nicht so laut, Inge!“

„Aha, Schweigegebot im Wald!“ Ich setze mich auf einen der magischen Steine. Vor mir wirft meine Cousine ihre Wanderjacke ab und streift sich die Outdoor-Hosen runter. Bitte nicht noch mehr, flehe ich innerlich. Nein. Die Striptease-Einlage ei-

ner reiferen Dame bleibt mir erspart. Waltraud ist in ein weißes Walle-Kleid geschlüpft.
Energischen Schrittes, ein Tamburin tragend, nähert sie sich dem Hang. Jetzt beginnt sie, einzelne verstreut liegende Felsbrocken zu umkreisen. Sonnenstreifen werfen helle Bahnen. Ein Leuchten ist es – für einen kurzen Moment. Schon ziehen Nebelschwaden auf. Sie hat über einen Trampelpfad den Felsen erreicht. Den Oberkörper schwingend wackelt sie hin und her. Jetzt lässt sie die Arme sinken, beinahe stolpert sie über das moosüberwucherte Gestein. Vom Wegrand aus schauen zwei junge Männer zu. Ihre Kletterausrüstung haben sie mitgebracht, doch wagen sie sich nicht näher an den Felsen mit der hüpfenden Gestalt heran. Die Kletterer sind umgekehrt. Den Brohmfels besteigen sie heute nicht mehr, da ist eine wilde Alte zugange.
Waltrauds Tanz wirkt wenig harmonisch. Es ist ein Zappeln, Springen, Hüpfen. Eben beginnt sie das Tamburin zu schlagen. Kann es sein, dass gleich zottelige Ungeheuer mit Fangzähnen auftauchen? Nichts dergleichen passiert. Keine zwielichtigen Abgründe öffnen, keine unvorstellbaren Dinge ereignen sich. Es bleibt bei einer einsamen Hexe im Walle-Kleid.
Ich habe vom Zuschauen genug und beschließe am Parkplatz auf sie zu warten. Irgendwann wird sie mit dem Gezappel aufhören und sich ins nächste Wirtshaus flüchten. Sie ist eine Genießerin, und ich folge gern ihren kulinarischen Pfaden.
Vor einem Gatter halte ich an. Der Wald scheint sich um mich schließen zu wollen. Graues Gestein und ein ferner Vogelschrei. Die Äste der Bäume verlieren sich dunkel himmelwärts. Es hat sich längst die Dämmerung eingeschlichen.
Der Wald ist überall – und die Steine, die verfluchten Steine, belagern den Hang.
Wo bin ich?

Jetzt erkenne ich die Stelle. Undeutlich erhebt sich der Fels im letzten Licht. Ich muss im Kreis gelaufen sein.
„Waltraud?“
Sie ist nicht mehr da.
Orientierungslos stolpere ich weiter. Eine leichte Panik hat mich erfasst. Das Handy ist in meiner Handtasche, die auf der Rückbank im Auto liegt.
Irgendwo blubbert ein Motor. Rücklichter glühen rötlich-hell. Scheinwerfer blenden auf. Sehr nah muss ich dem Parkplatz sein. Ich atme auf.
Sie sitzt hinterm Lenkrad ihres Wagens auf einem beinahe leeren Parkplatz und mümmelt eine Tafel Schokolade in sich hinein. „Wo kommst du her?“, herrscht sie mich an.
„Verlaufen!“
„Und warum bist du weggerannt?“
„Mir ist das peinlich gewesen, Waltraud!“
Sie streckt ihre Arme aus. „Ich fühle mich energetisch total aufgeladen. Bäume könnte ich ausreißen!“
„Oder Magnetsteine verschieben!“
„Da drüber macht man sich nicht lustig, Inge!“
Ich habe neben ihr auf dem Beifahrersitz Platz genommen. „Was soll das Ganze überhaupt?“
„Ich habe dir einen Einblick in meine Spiritualität geben wollen!“
Ich lache auf. „Das hast du prima hingekriegt!“
Jetzt bäumt sie sich hinter dem Lenkrad auf.
„Warum bist du nicht im Wald geblieben?“
„Ja, hätte viel Schmackes gehabt, so als Ilbes-Berg-Gespenst zu spuken!“
Ein wütendes Schnaufen antwortet mir. Ich merke, auf was es hinausläuft. Wir werden zerstritten auseinandergehen – ohne gemütlichen Wirtshausbesuch.

Weitere Bücher aus der Region

Starke Frauen aus Rhein-Main
Monika Böss
96 S., Hardcover, zahlr. Farb- und S/w-Bilder
ISBN 978-3-8313-3248-9

Alt-Hanau – Bilder, die Geschichte erzählen
Richard Schaffer-Hartmann
72 S., Hardcover, zahlr. S/w-Bilder
ISBN 978-3-8313-3225-0

Echt clever! – Geniale Erfindungen aus Hessen
Andrea Gunkler
120 S., Hardcover, zahlr. Farb- und S/w-Bilder
ISBN 978-3-8313-2997-7

Dunkle Geschichten aus Darmstadt
Petra Neumann-Prystaj
80 S., Hardcover, S/w-Bilder
ISBN 978-3-8313-3233-5

Wartberg-Verlag GmbH
Im Wiesental 1 34281 Gudensberg
www.wartberg-verlag.de
Bücher für Deutschlands Städte und Regionen
Tel. 0 56 03 - 93 05 0
Fax. 0 56 03 - 93 05 28